仙境

罗伯特·英潘的插画艺术

（英）路易斯·卡罗尔等◎著
（澳）罗伯特·英潘◎图　陈永芳◎译

WONDERLANDS

The Illustration Art of Robert Ingpen

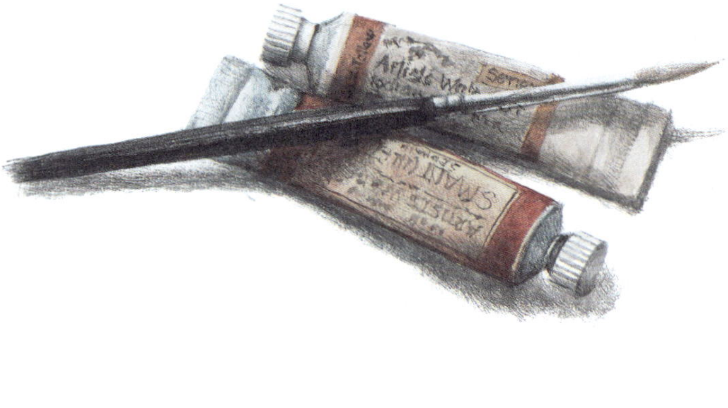

江苏凤凰美术出版社
全国百佳图书出版单位

图书在版编目（CIP）数据

仙境 ：罗伯特 · 英潘的插画艺术 / (英) 路易斯 · 卡罗尔等著 ；(澳) 罗伯特 · 英潘图 ；陈永芳译．-- 南京 ：江苏凤凰美术出版社，2018.9

ISBN 978-7-5580-4389-5

Ⅰ．①仙… Ⅱ．①路… ②罗… ③陈… Ⅲ．①童话－英国－近代 Ⅳ．①I561.88

中国版本图书馆CIP数据核字(2018)第083630号

特约策划 王继雄
责任编辑 曹昌虹
装帧设计 北京风信子文化传媒
封面设计 龚海鸿
责任监印 唐 虎

书　　名 仙境：罗伯特 · 英潘的插画艺术
著　　者 (英) 路易斯 · 卡罗尔等
出版发行 江苏凤凰美术出版社（南京市中央路 165 号 邮编：210009）
北京凤凰千高原文化传播有限公司
出版社网址 http://www.jsmscbs.com.cn
印　　刷 廊坊报业印务有限公司
开　　本 710mm × 1000mm 1/16
印　　张 11.25
版　　次 2018 年 9 月第 1 版 2018 年 9 月第 1 次印刷
标准书号 ISBN 978-7-5580-4389-5
定　　价 68.00 元

营销部电话 010-64215835-801

仙境

罗伯特·英潘的插画艺术

序言

罗伯特·英潘是想象力的守护者。在2009年和2016年，我曾先后两次采访过这位来自澳大利亚的著名插画大师，“大师”是这两次十分有趣的采访中他给我留下的强烈印象。在过去的五十多年中，罗伯特用他的作品向我们展示了插画艺术引人入胜的魅力，以及插画技艺给读者带来的奇特的视觉效果。不管是对像罗伯特·英潘这样的插画巨匠还是对他的读者来说，保持想象力的鲜活与健全这样的话题一直不断地被人重复和强调。因此，作为插画师，他一直探寻如何建造“想象空间”和“文字表达、插画所传达给读者的信息”之间的联系，企图让读者融入到故事中，充分发挥想象力，去创造属于他们自己的故事。他也提倡振兴和传承想象力遗产，包括神话、传说、民间故事、文学以及艺术。罗伯特·英潘一直心怀梦想，虽说是梦想，可他的梦想给人的感觉又那么的真实。

罗伯特生于1936年，童年是在一个隶属于澳大利亚维多利亚省吉朗的沿海小城市里度过的。他的父亲经营着一家英潘家族的食品杂货批发店；母亲是一位接受过训练的女帽设计师，每天最喜欢做的事就是缝缝补补，要不就是跳舞弹钢琴。据罗伯特回忆，那是一段充满了故事、书籍和绘画的快乐时光。当时的邻居马乔里·伍德是一位人像摄影师，是她将罗伯特带入了故事王国。“每天她带着我阅读一本叫做《大地上的提姆·皮平》的大红书，但是实际上“是她自己在编故事……‘我倒认为这可能是最美妙的事情了……她教我……如何毫不畏惧地运用自己的想象力’，怎样去追求‘横向思维和新思路’……这就是我插画生涯的开端吧。”

作为一个年轻的故事家，学生时代的罗伯特就已经表现出了跳脱固有思维模式的叙述方式。他认为，通过创造一个“虚构的外部包装”，使一个真相或者事实与读者想象相一致，“人们会更加了解事实是因为故事、是通过展开而得以阐述开来的。”罗伯特将艺术视为一种手艺，认为它是故事的“仆人”和想象的桥梁。

进入墨尔本皇家理工大学专科学院后，罗伯特开始学习设计和插图。在那里，他系统性地学习了如何制作一本书——造纸，印刷，编辑以及使故事视觉化的所需的“智力排练”和手工技巧。每天晚上，他在一个平板印刷商那儿工作，掌握了平版印刷中的各个技术要领。现在他知道，“书，是一种艺术形式……但是没有哪种博物馆能够展示这种艺术……然而，这种艺术却存在于图书馆，书店，甚至某人的私人收藏中。”

后来罗伯特接受了澳大利亚联邦科学工业研究组织（CSIRO）抛来的橄榄枝，成为广大通信设计师中的一员。这个时候，罗伯特的目光不再纠缠于讲述故事的技巧，他转向了更实际的目的：将科学的新发现传播给不懂科学的大众——农民和渔夫——因为他们需要了解科学，并将科学运用于使他们受益的工业实践。找出一种绘画的方式来解释“节约、环境、生态”的概念以及传播“人类与自然理应是和谐相处的，并不是征服与被征服的关系”的思想成为了一种新的艺术性挑战。他用富有想象力的方式将科学研究层层包装后进行实验，这样人们就可以独立地“通过了解环保的意义和环保给世界带来的微妙改变……从而形成一种新的看待环境的方式”。因此，他吸收借鉴当地民间口头相传的故事和“古老的传说”，用想象力重塑故事情节并将最新的科学发现融于其中——在20世纪70年代早期的时候，他就是凭着这样的本事获得了在澳大利亚国立科学产业研究所及联合国驻墨西哥、秘鲁机构工作的机会。

罗伯特对环保和遗产保护的满腔热情与作为儿童作家和插画家的工作并不冲突。他的作品在整个维多利亚随处可见——定制的壁画，挂毯，雕塑，国内通用的纪念邮票还有非小说类书籍，甚至在他担任设计顾问职位的澳大利亚保护基金会处也能看见他的作品。他的第一个获奖插图作品已被收录于澳大利亚现代童书经典——已故作家柯林·蒂勒的《风暴男孩》中。故事讲述了一个孤独的流浪汉之子和一只孤鸟的故事。风暴男孩住在库隆距离海滩的中间地带，他学着去“解读”那一条条被残忍撕裂的土地——“沙丘上，滩涂上，那些奇怪潦草的字迹……”罗伯特选择了这样广阔而又荒凉的环境，特意作为故事的发生背景。

“你永远不会忘记见过的景象。罗伯特指出——不论是澳大利亚本地出现的新景致，还是世界神话或者世界经典中的古老场景。澳大利亚人又怎样？一个“流离失所”的民族，“与这个岛上的原住民，梦想，动物以及这片土地紧密地融合在一起——引发了巨大的文明问题，就像水一样不可或缺，一旦枯竭，便是灾难”——这是一个永不过时的话题。有时，罗伯特会邀请我们一起思索丛林的“诗意”。记得在2013年的《寻找克林西》中，罗伯特与大家探讨了文字、图画、民间诗人班卓·帕特森的民谣之间的联系，创造传奇、鼓舞人心的英雄克兰西，“自由的灵魂，牧羊人，剪羊毛者，战士”这是帕特森总结出来的澳大利亚永恒观的精髓。

或者，有时候，他邀请我们探索被古老魔法控制下的这片土地的不为人知的秘密历史：他为帕特里夏·赖特森的作品《纳冈和星星》（1988）绘制插画——一场“对土地、原住民和想象力进行的心灵之旅”。他的现代民间故事《波佩壶漂流记》讲述了一群来自秘鲁的小人族渔民——“船夫”——为逃脱西班牙政府的迫害，乘着一只泥制的茶壶漂过太平洋，发现澳大利亚的故事。随后的《废弃之地》中，这群渔民在澳大利亚定居下来——这是一场“未完成的冒险之旅”。

罗伯特在名著中的探寻仙境之旅慢慢扩大了——《梦幻岛》《河岸》《野树林》《绿野仙踪》《爱丽丝梦游仙境》《秘密花园》《密西西比河沿岸》《玩具之乡》，他甚至与创作这些故事的作家们进行了心灵的沟通。有了“毫无畏惧的想象力，我相信在为这些故事的插画设计、构思和画图的时候，这些作家会走进我，与我并肩而坐……”这就是典型的英潘：用对小说事实的贴切包装绘制表现作家的风格及其笔下的人物形象，从而省去了读者反复核对人物信息浪费掉的大好时光，理解文本传达的“信息”和“民谣”，以设计和插画做实验，“修改或者调整”这些插画，从而让读者“从自己的想象中获取额外的信息”，并且扩大文字和图片传达给读者的想象空间。

当然，邀请这些作家来家里做客或者进行思想交流并不是一件容易的事。你如何能抗拒路易斯·卡罗尔的诱惑，而不陷入他精心织造的深深的梦境里呢？罗伯特沉思了。你如何应付查尔斯·狄更斯预言的生活中“横挡”在你远大前程路上的“不可避免的好奇心”呢？“马克·吐温无法预见，在未来，他的精妙故事会在插画家的手中再次被赋予生命，哪怕是在漆黑的夜里也能熠熠生辉，当你质疑这位文学巨匠的本我时，会发生什么呢？亦或者，当你看见“鲁德亚德·吉卜林率领着由万千生灵组成的千军万马叱咤而来”的时候，又会有什么样的奇妙体验呢？所以，面对面的交谈会给我们带来不少意外的收获，可是这种想法真的很难实现。

罗伯特非常关注作者的意图、人物角色的心理、场景和现代读者对电视电影日渐提高的敏感度与期望值，正是这种关注赋予了罗伯特解读作品的力量、亲切感和动力。看看他笔下的爱丽丝，在面对是否接收“不明物体”的邀请——“吃掉我”、“喝掉我”时，爱丽丝所表现出来的“惊讶”又“毫无防备”的肢体语言；看看他在《金银岛》中的人物画像——剪切镜头与细节特写，新颖别致又忠于原著，对“对伦勃朗细节图的精心处理赋予了对人物强烈的触感，唤醒了读者沉睡的想象之翼”，还有脸上的褶皱、眼周的细纹、眼睛、“落到他们身上的阴影”——这些全都是“吸引读者，引发读者深思的必要步骤”，再看看他鸟瞰莎士比亚戏剧和狄更斯的伦敦的经典镜头，这些作品都运用了勃鲁盖尔的“奇思、乐趣和社会评论”理论，无论是谁都会“不由自主地被图片吸引，仔细辨认图上的人物，将之与故事中的角色一一对应”。这个汉斯·克里斯蒂安·安徒生奖插画得主——罗伯特——将再接再厉，不断地让他的手艺——洞察力、创新、心理焦点、惊喜和神秘感——在接下来的插画作品中得以运用，牢牢地抓住年轻读者的想象力，让他们跳出文字和图片的禁锢，成为自己的造梦人，在自己“未完成的梦”里继续前行。

伊丽莎白·哈米尔

伊丽莎白·哈米尔，评论家，官佐勋章获得者，英国国家童书中心七个故事分部共同创始人，帕特伦集资赞助委员会委托人，目前为《翻山越岭》和《世界童谣集》撰稿。

目录
CONTENTS

1. 寻找仙境：
澳大利亚之旅

图 1-1

《风暴男孩》

"风暴男孩住在库隆距离海滩的中间地带，家门口有像鼻子一样坚挺的沙丘，一眼望去，是从墨累河西南方向蜿蜒而来的灌木丛……他和在逃的爸爸住在一起，房子是由木头、树枝和铁片围成的粗糙的小圆丘。"

柯林·蒂勒，《风暴男孩》，1974

《罗布——忆往日》

在 19 世纪六七十年代的许多个暑假，我经常带着妻子去位于南澳大利亚东南方向的罗布旅游。清晨或者傍晚的时候，我们常常约朋友去"长岛"游泳，玩耍。中午天气炎热，我们的四个孩子就待在宾馆，而我则外出写生——先锋镇的老房子，周围的农舍。这么多年来，这些画有的被卖了，有的给收藏起来了，不过它们都收录进了我早年的一本书里——《罗布——忆往日》（1975）。

那年，我在罗布为柯林·蒂勒的故事《风暴男孩》画了插图，意外地成功了，并赢得一片赞声，这便是我的插画生涯和作家生涯的开端。为了画出满意的作品，我沿着海岸走了很久，穿过沙丘，偶遇鹈鹕群，最后到了库隆——这便是给柯林·蒂勒带去灵感的神秘地，一片荒无人烟的野地。后来著名的澳大利亚电影《风暴男孩》就是到这个地方取景拍摄的。这幅画主要画的是风暴男孩的家，1974 年出版的《风暴男孩》封面便是这一幅画。

图 1-2

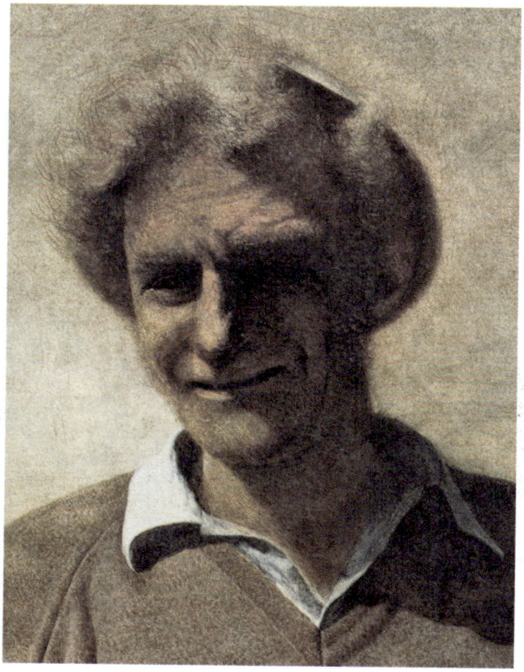

图 1-3

《卖牛“仔”》

2000 年，澳大利亚民俗学家特德 · 伊根发表了以史实为原型的小说歌谣集《卖牛“仔”》，该书讲述了土著女性的牲畜贩子生涯。在当时女性是不被允许从事这样的工作的，因此她们穿上男装来掩饰自己女性的身份。可是就算跑遍了澳大利亚贩卖牲口，她们的报酬也少得可怜，有时候连一分钱都没有。正如有些歌里所暗示的那样，卖牛“仔”和她们的白人老板有着不可言明的关系。

《溢出的克兰西》

备受尊崇的澳大利亚诗人班卓 · 帕特森于 1889 年首次出版了长诗《溢出的克兰西》。诗歌一发表便大受欢迎。帕特森在诗歌中创造的传奇人物克兰西是一个自由自在的畜牧人，从克兰西的身上，我们可以找到澳大利亚观的本质。

2014 年为了纪念班卓 · 帕特森 150 年诞辰，我再次踏进澳洲内陆，试图从现存的文字和绘画中找出，到底是什么原因让克兰西这个角色在澳洲民间传说中经久不衰。答案就在《寻找克兰西》一书里。

《林肯的家》

20 世纪 70 年代初，我们举家搬迁到离吉隆不远的澳洲贝拉利半岛一个小农场里。在一个小山上，我们搭建了房子和一个工作室，那里视野开阔，可以全方位地欣赏周围的美景。正如待在罗布的那段日子一样，我又开始画周遭的景物——19 世纪 50 年代那些移民们建成的旧农场，还有一些老房子。最吸引我的是离波塔灵顿不远的一家奶牛场，属于林肯名下，里面还有一所老奶酪厂。于是，我再次和柯林 · 蒂勒合作，为这本《林肯之家》绘制插画，讲述林肯夫人独自一人带着她的小马、鸡和狗生活在这座农场里的故事。那时，林肯夫人也经常坐在我旁边，看着我一点一点为他们家的历史“上色”。

这幅胶画（图 1-4）被命名为《约翰尼 · 格里格》，画上是一把林肯夫人视为珍宝的干草叉。尽管林肯夫人十九岁时我就认识她了，但我没有问及约翰尼 · 格里格是谁，也没有问马厩门口那把无言又忠诚的干草叉为什么会叫林肯夫人想起他。

图 1–4

《厨房一角》

我第一次勾画林肯家厨房尽头的墙是在 1976 年。林肯夫人建议将南瓜放在地下水箱的起水顶部，这样就可以代替早已不知所踪的水泵。砖砌的烟囱好多年前就被暴风雨吹倒了。墙的最右边是一棵老桑树。

图 1–5

图 1–6

《真正的林肯之家》

一根缀满青苔的桑树枝上缠绕着那条林肯夫人长年用来拴狗的铁链。这只狗叫“吉普”，活脱脱像一匹棕色的小马驹。

一个半世纪以来，这座农场冬日一片绿意，夏日则是金灿晃眼。它经历了播种和丰收时的热闹喜悦，怀抱了低吼的牛群，安抚了嗷嗷待哺的小牛仔。后门的老桑树硕果累累，枝干低垂到了地面，如同一位老人，一手拄着拐杖，一手扶着老腰，背负着苍老的岁月和希望的青苔。

林肯之家——老屋，奶酪厂，马厩，奶牛场还有所有的旧农业机械都烟消云散了，唯一留下的是我这些年来作的绘画，还有回忆：

“铁钉，横档和支架都是过去进行大量制造的必需品，也是我们赖以存活的产品。似乎什么也没有遗失，什么也没有被忘掉，项圈、马颈轭、钩子、眼罩、缰绳、皮带、环扣、铁链、马蹄铁还有各式各样的铁器，这些依然是敢于冒险的小伙子们大半生的宝贵财富。”

柯林·蒂勒，《林肯之家》，1978

《波佩壶漂流记》

20 世纪 70 年代初，我在秘鲁为联合国工作。当时所在的团队应召研究厄尔尼诺现象给秘鲁大规模商业化鳀鱼渔业带来的影响。我的职责是联系渔业部门并获得相关资料数据，在交流中我发现了不少关于渔猎生活的传说。据说这些故事自印加文明时便有了，其中有一个讲述了厄尔尼诺海神的故事，而故事的叙述者似乎是鹈鹕。我用现代的方式再现了这个故事，并且告诉了当地渔民宣传了有用的新的科学保护思想。

几年后，我回到了澳大利亚，进一步完善了这个故事，这便是《波佩壶漂流记》完成之初。“波佩”是印加文化中一个神圣的名字，原意指茶壶，当一群毛茸茸的迷你秘鲁娃娃乘着它漂洋过海寻找新家时，它便变成了一艘大船。终于，在海上漂泊的第四个年头，他们来到了澳大利亚。书中的插画显示了小玩偶们在航行中撞见蜥蜴一样的喷火龙的画面。

故事开头道，我的家乡吉朗，是四百多年前远征军的登陆点。为了宣示主权，他们做了两件事：一是在岸边建了一座喷泉，这么多年来，这座喷泉一直深受大人小孩的喜爱，不过后来那儿建起了停车场，喷泉也从人们的视野中消失了。二是举办了儿童艺术节，旨在点燃当地孩童的想象力之火，他们将这天命名为“波佩节”。波佩节一年一次，在吉朗地区已经连续举办了 35 年。这么长时间来这个故事不断发展，所取得的成就不禁让我感到震惊，这一整个故事就是事实、未解之谜和纯粹的想象力的结合体，正是这种杂糅才让这些传说充满魅力，经久不衰。这么多年过去了，仍然有许多未知等着新的读者去发现，这些都为有想象力的人留下足够的想象空间去调整故事，以适应不同的场合和受众，同时也保留了故事的魅力。

图 1-7

图 1-8

《多毛的秘鲁人》

到 1847 年的时候，白人移民在吉朗待的时间并不算长。当时有两个烧石灰工人在科里奥湾的一侧悬崖上凿洞，突然其中一个人的铁锹发出清脆的金属撞击声，于是他们继续深挖，最终挖出了两把古老的黄铜钥匙。没人知道为什么它们会被埋在如此深的悬崖下，而最开始到达澳大利亚的原住民根本就用不上钥匙。殖民地的总督查尔斯拉筹伯视察了现场，称这两把钥匙是烧石灰工人的劳动成果，他将代为保管，然而最后却把钥匙弄丢了。各大报纸也刊登了这两把未知的钥匙，但是没人知道由来。他们是波佩船上掉下来的船舱钥匙吗？故事里多毛的秘鲁人又发生了什么事呢？

图 1–9

图 1–10

图 1–11

这些毛茸茸的秘鲁小人是用编织布和人类的毛发做成的玩偶。他们和自己的造物主——很多年前的印加人一点儿也不像，虽然毛茸茸的头发让他们看起来有那么几分像人。我真正亲眼见到这些玩偶是在秘鲁的利马博物馆，当时我正在博物馆里收集故事的素材。初见之时，我并没觉得他们多出彩，但是不久我便完全改变了想法，因为后来我需要一撮逃离西班牙暴政的“难民”，于是他们便成了我多毛的秘鲁小人儿。

从秘鲁到澳大利亚，波佩之行花去了四年时间。六个秘鲁小人儿历经艰难凶险，甚至遭受了沉船的灾难，最终被海豚救起，成功到达了澳大利亚（航海地图也在一场大风暴中丢失了。）船上的人有：阿万特教授，领导者（图 1–10 左）；阿鲁夫，哨兵（图 1–9）；阿兰特，工厂老板（图 1–10 右）；阿斯托特，谈判家；队伍中还有两个女人，预言家阿尼卡和身兼医生和厨师两职的阿那戈（图 1–11）。

历经无数艰险到达被称为遗忘之地的澳大利亚后，这个故事一直被槟榔精灵传颂下来。波佩船离开秘鲁不久后，厄尔尼诺海神就将这群由难民组成的探险队所表现出来的精神视为追求和平与自由的代表。

《奇怪的平行线》

还有一些真实的故事与四百年前秘鲁小人从秘鲁航行去澳大利亚的故事相似，比如 1788 年英国遭受宗教迫害的“船民”乘坐“五月花”号到达澳大利亚，再比如一些“船民”从类似阿富汗的地区移民到澳大利亚。英国的船民成了“非人”，成了罪犯，因为他们看不惯英国社会的丑恶现象，而被视为英国社会的恶疾，统治者们唯一惩治他们的方法就是将他们流放海外，让他们的言论不再被世人知晓；而中东和远东的船民是因为战争带来的灾难而逃亡，或者因为他们的政治立场不受欢迎被流放。

一个个世纪以来，不断有“船民”来到澳大利亚，使得澳大利亚人不得不面临严峻的挑战。他们不断质疑澳大利亚到底是不是世界的一部分？作为一个国家，澳大利亚是应该担起自己的职责，帮助那些逃难而来的人民？还是应该实行沙文主义，对那些难民视而不见，任其在海上自生自灭？

《乘船而来的冼巴》

《乘船而来的冼巴》是丽兹·洛夫特豪斯根据真实的故事改编的。这是一个充满了爱与温暖回忆的感人故事，即便是在恐怖主义时期，主人公依然积极乐观，对未来充满了希望。迄今为止，我为很多书画过插画，而这本书是最具有挑战性，最值得纪念的。拥挤不堪的船中间坐着阿富汗小孩冼巴，她所有熟悉的一切都乘着记忆的扁舟渐行渐远。现在，她和妈妈只希望找到一个和平安全的地方栖身。可是，她们旅途的终点将在何方？旅途的尽头迎来的又将是什么？

图 1–12

《澳大利亚国家图书馆》

澳大利亚国家图书馆分别于 2014 年和 2016 年出版了两本儿童读物，每本书都是根据历史上举足轻重但是鲜为人知的真实事件改编的，这些史实都深深地埋藏在堪培拉的档案室内，无人问津。这两本书均由简 · 乔利所著，名为《茶与糖的圣诞节》和《无线电救援记》。在创作中，我用了大量的文字、图片还有折叠图来表现整个故事，以便让阅读者去了解这些发生在澳大利亚偏远地区的故事是怎么改变了澳大利亚人的生活方式的。

《茶与糖的圣诞节》

凯思琳的身上流着一半澳大利亚土著人的血。澳大利亚大沙漠黄沙漫天，铁路穿驰而过，她和爸爸妈妈就住在铁路边上。小凯思琳一直等待着圣诞老人送她礼物，因为从 1915 年到 1996 的这八十一年来，“糖茶列车”会一周一次往返于奥古斯塔港与卡尔古利之间，为沿途的居民即铁路工人及其家属供应物资——邮件、食物、水等基本生活用品。

如下：

“凯思琳抓过手推车，欢快地跑起来。她脚步咚咚，声音震天，仿佛热锅里快乐跳动的小煎饼，她听得见列车进站的嘶鸣。跑啊，跑啊，凯思琳，赶紧的！一见凯思琳轻快的身影，人们便涌出他们那锡做的城堡，跟着凯思琳在这片闪闪发光的土地上欢呼着，尖叫着。”

图 1–13

《无线电救援记》

小吉姆和父母住在弗·威尔士，那是一个孤零零的澳洲内陆牧羊站。吉姆可喜欢带着牧羊犬布卢伊外出探险了，抓野兔，赶蜥蜴，或者帮爸爸放羊。可是有时候，吉姆感到很孤单，他一直期待着“新奇的”无线电踏板某天会出现，也许这样生活的话就会好一点了吧。

图 1–14

1925 年，阿德莱德的电话工程师阿尔夫·特雷格会见了澳大利亚内陆特派团负责人约翰·弗莱恩牧师，他们决心合作，共同改善澳洲内陆人民的通信方式。在那个时候，莫尔斯电码需要依靠手动发生器才能正常工作，这可一点都不实用。直到 1928 年，特雷格发明了无线踏板——装着无线电的桌子的古怪玩意儿，桌子下边安装着易操作、低成本、耐用的脚踏式发动机。于是他前往澳洲内陆地区，为当地居民装上这些设备，告诉他们什么是莫尔斯电码，教他们如何在无线电上使用它们。然而时间过去了，特雷格却发现很多人根本就记不住莫尔斯电码。因此，1933 年特雷格发明了莫尔斯码打字机，这样内地住民就可以输入文字信息，莫尔斯码打字机可以直接将其转换为莫尔斯电码发送出去。随着打字机的发明与普及，内陆与沿海加强了联系与交流，澳大利亚内陆特派医疗服务队建立了起来。不久，航空学校也在澳洲内陆扎根开花。

《寻找克兰西》

对于大多数澳大利亚人来说，长途跋涉的商队只不过是遥远而又陌生的历史——一个没有公路、铁路、空中航线的时代，一个班卓·帕特森和亨利·劳森这样的浪漫诗人生活的时代。

在帕特森的作品中，除了澳大利亚，似乎就没有别的什么重要的东西了。正因为诗人身处丛林，才能写出民谣“快乐的克兰西”、“来自雪河的人”和“跳华尔兹的玛蒂尔达”的浪漫情调，在别的地方，可不能保证这些作品有这么精彩。然而事实是，诗人所生活的偏远地区一点也不浪漫，土地贫瘠，天气极端，而且没有哪个乡村或是城镇离得开像克兰西那样的剪羊毛的人、牧人、骑兵和女人，即便是在今天的澳大利亚。

在图画、文字，还有帕特森诗篇的帮助下，我在2013年出版了《寻找克兰西》。通过这本书，我试图找出对传奇牛仔的一种新的认知方式，从三个维度——时间、空间和真实与虚拟的交界边缘——去理解这些角色。

小说中的克兰西占领了仙境，在我们的想象力中安了家。不管你来自乡村还是来自繁华大都市，只要你有想象力，克兰西便会与你同在，因为他是心灵和梦想之源。

“在我狂野古怪的幻想中，
克兰西来了又走了，
他说‘沿着库珀往下走’，
这些西方来的牲畜贩子又要去哪儿呢?
羊队缓缓前行，
后来的克兰西放声歌唱，
城里人又哪里知道，
牧羊人的惬意欢乐。”

班卓·帕特森，“快乐的克兰西”，1899

图 1–15

图 1–16

图 1–17

《战士》

“战士”一词是指那些出身低微但却通过顽强拼搏获得尊重的澳大利亚人。尽管前途未卜，他们毅然接受了生活抛去的满是荆棘的“橄榄枝”，满手鲜血，举步维艰，在与命运的抗争中显示出了无比的勇气。正如澳大利亚历史学家查尔斯·埃德温·伍德罗·宾在其书《站在羊毛轨道上》写道：战士可被定性为足智多谋。

“澳大利亚的天才是那些能够白手起家的人……没有最好的资源供他成长，他不得不面对局势，创造条件让自己成为天才，因为他别无所选，只有这样才能生存。他们甚至能变废为宝，完成常人认为不可能的任务。”

宾总是为“落后地区”的人民发声——像克兰西那样的人，真正的牧羊人、牲畜贩子、剪羊毛工人、厨师，甚至是流浪汉。在 1985 年，班卓·帕特森听闻了昆士兰一个剪羊毛工人自杀的悲惨故事，他便以此事件为原型，创作了民谣“跳华尔兹的玛蒂尔达”，内容讲述了一个落单战士的故事：他因为偷羊被农场主和三个警察抓住，面临被捕的局面，也即将失去倍加珍惜的自由，最后这个战士选择了跳河。这首诗歌一经发表便受到澳大利亚国民广泛传颂，成了国家财富，而后不断地有人提议将这首歌作为澳大利亚国歌备选曲目。

图 1–18

《厨师塔利》

“我总是告诉丝克伍酒吧来来往往的顾客们，如果二十多岁的时候没有在威尔坎尼亚碰见一个叫克兰西的家伙，我可不会在南边的拉克兰酒屋当厨师。我只随口说说，可正是这些总让我的顾客感到高兴。”

《剪羊毛棚》

羊毛剪理捆装场大概建立在19世纪80年代，紧挨着新南威尔士西部的拉克伦河。它是用松木制成的原木填充板搭建而成的屋棚，内部就像一个长长的大工厂，工人就在里面剪羊毛，将羊毛分类并成捆地打包好。

1937年，沃卡鲍特发表了一个记者报道的典型的剪羊毛现场观察：

“在这个大棚内，紧张的剪羊毛过程开始了，就连空气都是燥热的，扑鼻而来的是浓烈的各种羊毛的味道。操作间各项工作进行得有条不紊，忙中不乱。木板上的绵羊静静地站着，一片片白雪一般的漂亮羊毛不久就堆满了地板，接着被收集进羊毛整理室打包成一捆捆的货物。”

图 1–19

《塔斯马尼亚荒野》

这里是高高的山脊，常年多风，人们可以坐在峭壁上望着迷蒙的远方，去感受这个世界的律动——也许，当你停止思考时就能听见音乐。那是陌生的突如其来的音乐声，也许不能用真正意义上的“听”。

天鹅湖上的卡佩拉峭壁，维斯特·亚瑟·仑吉，版胶画，2012

图 1–20

2. 探寻仙境：
名著之旅

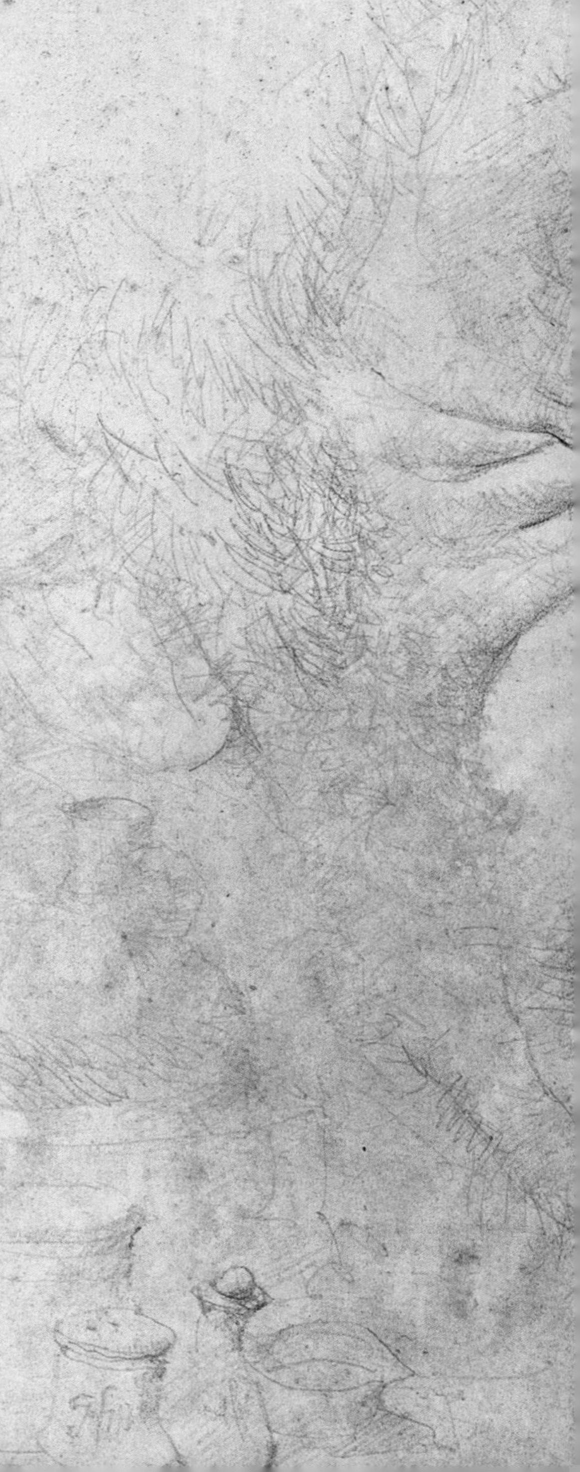

《乔叟的朝觐者》

插画家经常试图让自己的画在表达到位了故事情节和人物细节的基础上，再向读者传达自己对故事的理解，因为他们更希望读者能够发挥自己的想象去完成自己对这个故事的解读。之前，我根据杰弗里·乔叟的《坎特伯雷的故事》序言里他对人物的描述作画——1390 年，朝圣者在踏上朝圣之旅之前相聚在塔巴德旅馆。我也画了酒店的主人，“他的眼睛明亮有神，腰身有点宽。”

酒店老板（图 2–1）

从画中可以看出，酒店老板缺了一颗牙，可能在某场打斗中被人打落做了战利品吧。通过发现这个细节，读者可以进一步深入思考整个故事，而不是仅仅局限于乔叟为我们创作的多彩人物。经过大量的研究，我开始思考乔叟没有把所有朝圣者带进坎特伯雷的用意。我并不觉得这是一场意外，也不觉得是乔叟厌倦了这个故事不想再继续写下去。我认为这是乔叟留给读者的任务，他希望读者能够自己发挥想象去思考、解决这个问题。

图 2-1

乔叟的序言是整个国家的精准描绘，人们普遍认为在经典中没有能与之媲美的作品。他的文字向人们描绘了一幅 14 世纪英国社会中尊贵与卑微、年轻与老迈、男人与女人、世俗与教会、博学与无知、无赖与正直并存的图画。

图 2–2

图 2–3

骑士（图 2–2）

“这是一个出类拔萃的骑士，
他不仅与众不同还十分睿智，
谦逊是他的仆人，
他的嘴里从来没有粗鄙的词语，
他对生活逆来顺受，
他是一个完美的、温柔的真骑士，
他身上的黑色制服，
还留有盔甲的印记，
刚退伍归家便加入了我们的行列，
去朝圣，谢恩。”

修女（图 2–3）

“这是一个修女，
她是修道院院长，
她的笑容简单而又腼腆，
她轻吟浅唱奉献之歌，
举止优雅得体，
讲一口流利的法语。”

修士（图 2–4）

“这里是一个修士，
他满面笑容，
克己者修士快乐的家伙，
从没有见过这么飘飘然的人，
也没听过如此油腔滑调、富丽堂皇的言辞。”

和尚（图 2–6）

“和尚是这群人中最快活的人，
他骑马走街过巷，
最喜欢打猎，
他体格健壮有阿伯特一样的才干，
他的猎狗像鸟一样敏捷聪慧，
转眼就已不见。”

磨坊主（图 2–5）

“磨坊主是一个十六岁的小伙子，
一个健壮的大胖子，
他的大嘴就像火炉的门，
他嗓门大好争斗滑稽又可爱，
脑子里尽是污秽不堪的酒馆段子。”

巴斯夫人（图 2–7）

“和我们站在一起的，
是一个来自巴斯的可敬的女人，
可惜的是她耳朵有点聋，
织布的时候她总是低低的弯着腰，
她比所有的伊普尔和根特的人更可敬，
尽管她在教堂结了五次婚，
有过五个丈夫。”

图 2–4

图 2–5

图 2–6

图 2–7

《哈梅林小镇》

很久以前，就在现代文明到来之际，德国的哈梅林小镇发生了一件可怕的事。事件的详情早已不为人知，但是这件事给哈梅林小镇以及欧洲带来了毁灭性的灾难。不知为何，在肃清运动发生的那段时间，大陆战争、对黑死病的恐惧让哈梅林小镇再没有小孩的存在。

没有得到任何真正的解释到底发生了什么事，没有现代心理咨询服务，人们开始通过讲故事来缓解痛苦与悲伤，与不知名的东西达成协议。哈梅林人编造了一个关于“花衣魔笛手”的陌生人的故事，故事讲述了一个叫“花衣魔笛手”的小伙子来到哈梅林小镇，并向镇里的老人们保证他将吹起魔笛赶走那些带来瘟疫的老鼠。“花衣魔笛手”言出必行，真的赶走了老鼠，但是镇上的老人却拒绝付给年轻人应有的回报，让这个神秘的年轻人空手而归。

第二天，除了失去了孩子的父母们的哭喊声，哈梅林小镇没有别的声音了。没了孩子们的欢声笑语，整个哈梅林小镇都死气沉沉。“花衣魔笛手”把所有的小孩都带走了，只留下一个跛脚的小男孩。

“花衣魔笛手”沿着大街边走边吹魔笛，小孩子可从来没有听过这么美妙的音乐，于是他们纷纷涌出家里，一路跟着“花衣魔笛手”爬上了山顶，不知不觉已经离哈梅林小镇很远很远。跛脚小男孩行动不便，跟不上大部队的步伐，等他发现已经看不见其他小伙的时候，他不得不沮丧地回到了哈梅林小镇。这个故事就是他告诉大家的。“花衣魔笛手”的故事渐渐流传下来，成了当地的传说。现在的威斯特伐利亚中的哈梅林小镇可不是故事中 1284 年的时候那样子了。尽管孩子们不翼而飞了，但是当时的捕鼠房被完整地保存了下来。

图 2–8

《花衣魔笛手》

通过对中世纪德国的建筑和城镇设计的研究，我可以想象出“花衣魔笛手”出现的时期哈梅林小镇的样子。尽管对“花衣魔笛手”任务的描绘有点难，但这个过程很有趣。图 2-9 上的人物都是音乐家，都是风笛手。我甚至想象自己回到传说发生的时候，大街小巷里都是这样的音乐家们——或许这并不只是一个传说？

图 2-9

图 2-10

《创作中的莎士比亚》

2003 年，我与英国作家迈克·罗森合作编写一本关于威廉·莎士比亚和他的作品的书。出版商要求这本书的理想读者是在校读过或者看过莎士比亚作品和戏剧的青少年。

为莎士比亚的作品作画不同于为乔叟、狄更斯、史蒂文森这类作家画插图。莎士比亚的文字语言和他们差不多，但是他的文字背后的目的和影响确实很特殊。莎士比亚并不是真正意义上的写书人，他写剧本——供 16 世纪晚期的人们在剧院里大声朗诵、演讲和表演。

莎士比亚创作了相当数量的故事，其间囊括了行动、诗意、紧张感、爱情、死亡、趣味、音乐、舞蹈、战争、叛逆、阴谋和背叛等元素。有的故事关于政治，有的故事关于人们的相聚——男和女，父母和孩子，朋友和朋友。

在莎士比亚的戏剧中，我们见到了伦敦的人们，见到了来自远方性格各异的游客。他住在泰晤士河边（图 2-11），靠近伦敦桥，不远处是环球剧院和其他剧院。

《朱丽叶的独白》

在现实生活中，人们在独处的时候自言自语是不会大声讲出来的，但是在莎士比亚的戏剧中我们发现，我们可以听见思维运作的声音。在我的插画作品中，我们会看到朱丽叶不仅是在对自己讲话，还在与读者沟通。

“来吧，黑夜！
来吧，罗密欧！
来吧，你黑夜中的白昼！
因为你将要睡在黑夜的翅膀上，
比乌鸦背上的雪还要光洁。
来吧，温柔的黑夜！
来吧，可爱的夜，
把我的罗密欧给我！等他死了以后，
你再把他带去，分散成无数的星星……”

威廉·莎士比亚，《罗密欧与朱丽叶》，第三幕，第二场

图 2-11：

这是对莎士比亚出生地——四百多年前的埃文河畔斯特拉特福的情景重现。在拥挤的市集某处，年轻的莎士比亚认真地聆听着巡回演出团们的故事，也许回家后这正是他创作戏剧的素材。

图 2-11

图 2-12

图 2–13

《“给我一点阳光”》

在《哈姆雷特》中，莎士比亚安排的这个场景无疑是留给插画师的仙境。在剧中，王子哈姆雷特安排了一组演员在新王克劳迪亚斯——真正杀害父亲的凶手——面前表演刺杀自己父亲的场景。当表演进行到毒害旧王的时候，凶手克劳迪亚斯不禁惊慌失措，冲出座椅大声叫喊：“滚开！给我一点阳光！”

图 2–14

《创作中的查尔斯·狄更斯》

图 2-15

查尔斯·狄更斯留下的文化遗产仍然深深地影响着我们当今的语言文学，他带给了我们吝啬鬼伊比尼泽、小内尔、雾都孤儿这样的人物角色，甚至让我们体会到了与寻常意义不一样的圣诞节。我最喜欢的两个角色是狄更斯出版于 1861 年的大作《远大前程》里的匹普和哈维辛小姐。

图 2-16

《匹普与哈维辛小姐的初次相遇》

“我并不是一下子就看到了这么多东西，不过我一眼望去，看到的东西也不少，比我预想的要多得多。我所看到的东西应该都是白色的，很久很久以前肯定是白色的，不过现在已失去光泽，都褪色了，泛黄了。就像身上的礼服一样，这位新娘也衰弱了。除了她那双深深凹陷的眼窝里还有些光彩外，在她身上再看不到任何活力。”

查尔斯·狄更斯，《远大前程》，1861

在 19 世纪 50 年代的时候，查尔斯 · 狄更斯在当时广受欢迎的杂志《诗书》上更新连载小说，一周一更或一月一更。因为故事构思新颖，情节引人入胜，每个人都喜欢阅读他的故事。狄更斯乐于观察周遭的事物，愿意去参与身边的活动，正因为如此，他才创作了不胜枚举的优秀小说。在他的日志《家常话》中，他写道：

“雨伞需要修补，椅子需要修补，钟表坏了也需要修补，修补工在大街上随传随到。但是谁能说出这大街小巷里需要修补的孩子有多少呢？当聪慧的孩子发言时，他们无知鲁莽，吵闹不堪，轻视那些智慧之言。谁又将去修补这些孩子们灵魂的碎片，教给他们知识的力量？”

查尔斯·狄更斯，《家常话》中的《需要修补的男孩们》，1852年9月11日

图 2–17

《工作计划》

这是我对关于查尔斯孩子这本书的第一个构思。尽管这本书没有被出版，但是它被命名为《查尔斯笔下的孩子们》。图 2-18 过程图是我编书的步骤，从设计规划，到构图，再到最后的插画页。

设计规划就类似于制片人在拍电影时使用的故事版，按顺序将连续情节呈现出来。我将画面按比例缩小，这样就可以清楚展示最后成书的页面和样子。插图的位置也是放在与故事情节相呼应的地方，这样看起来就协调很多。这些工作完成以后，我就会把书稿交给出版方和原书作者（如果有可能的话）审查并且核算出版成本。原规划的影印本我通常会保留一份，这样在正式开始画图工作的时候可以保证内容与规划是一致的，尺寸大小也能做个参考，而不至于脱离实际。

在我创作童书经典的那段日子里，“设计规划”的艺术被逐渐提炼成为吸引潜在合作出版商的市场营销手段，而且通常在其他语言文学里更吃香。

Oliver Twist
2. PIP
Pip [Philip Pirrip]
LITTLE NELL
STUDIES FOR AMY DORRIT (LITTLE DORRIT)
STUDIES FOR TINY TIM (A CHRISTMAS CAROL)
4. TINY TIM
Tiny Tim

图 2–18

The Old Curiosity Shop

Chapter 12 Little Nell and Grandfather (p 103)

'Which way' said the child.
The old man look irresolutely and helplessly, firs
her, then to the right and left, and shook his head
plain that she was henceforth his guide and le
The child felt it, but had no doubts or misgivi
putting her hand in his, led him gently away.
It was the beginning of a day in June

Chap 13
They awoke refreshed, and they continued
their journey. The road was pleasant, lying
between beautiful pastures and fields of corn,
above which, poised high in the clear sky,
the lark trilled out a happy song. The air came
laden with the fragrance it caught upon its way,
and the bees, upborne upon its scented breath,
humming forth their drowsy satisfaction as
they floated by...

图 2-19

《写生的习惯》

这是在策划《狄更斯笔下的孩子们》时的部分写生簿。我经常用铅笔做笔记，画草图，这样我就可以重复多次地改良设计规划，书也会更加细致。例如，一张小内尔领着祖父去伦敦的草图。

“走哪一条路呀？”孩子问道。

老人望着前方，满是无奈，左也不是，右也不是，最后看着小不点摇了摇头。这幅画清楚地表明了这时候小女孩成了领路人。

查尔斯·狄更斯,《老古玩店》, 1840

最终的插画打印版本为图2-20，页面上其余的插画草图是《需要修补的男孩们》的人物再现。

《小内尔和爷爷》

“老人醒了，人也精神了起来，于是他们又踏上旅程。道路在牧场和玉米地之间蜿蜒向前，景色美得让人陶醉。云雀在湛蓝的天空的背景下显得更欢快了，啾啾地唱着歌儿。空气中弥漫着沿途野花的芬芳，蜜蜂沉醉在馥郁的花香中满是倦意地飞过。”

查尔斯·狄更斯,《老古玩店》, 1840

图 2–20

《圣诞颂歌》

图 2-21

图 2-21 名为《马利的灵魂》，是 2008 年出版的版本。

1843 年初，为了谴责政府对矿场和工厂滥用童工现象的不作为，狄更斯起誓他将“以穷人孩子的名义将大锤……抡在邪恶的制度上”。于是同年十二月，他发表了自己最受人们欢迎的作品之一《圣诞颂歌》。

孤独的吝啬鬼埃比尼泽 · 斯克鲁奇被几个幽灵夜间探访，才明白圣诞节的真正意义，通过这个故事，狄更斯生动地定义了人类的善意。

图 2–22

“天更冷了，位于伦敦大道的法庭转角处，几个工人正在维修煤气管。一堆衣衫褴褛的男人和几个男孩围着刚刚点燃的火盆瑟瑟发抖，火还不是很旺，不然他们可没有时间时不时地揉揉眼睛。”

查尔斯·狄更斯，《圣诞颂歌》，1843

“他去了教堂，来到街上散步，看见人们来来往往，他拍了拍孩子们的头，慰问了乞讨者，接着他转身看了看厨房，再望向窗外：原来，快乐来得这么容易！”

查尔斯·狄更斯，《圣诞颂歌》，1843

《圣诞前夜》

克莱门特·克拉克·缪尔

约1823年首次出版

“这是个圣诞节前的晚上，
整座房子悄然无息，
没有一个人走动，
哪怕一只老鼠。”

这首诗开头便迎来了带有魔法气息的一年。随后发生的事情则是一如往常圣诞老人在圣诞前夕带给孩子们欢乐的传统套路。

这本书的插画确实给我带来了一些麻烦。例如，我尊崇原作者的文字描述，给圣诞老人画上了烟斗，可是出版商却认为因为禁烟令的颁布，孩子们的圣诞老人也不应该抽烟。

“他牙关紧咬，
残余的烟斗，
烟雾缭绕就像一朵花，
爬上了他的头顶。”

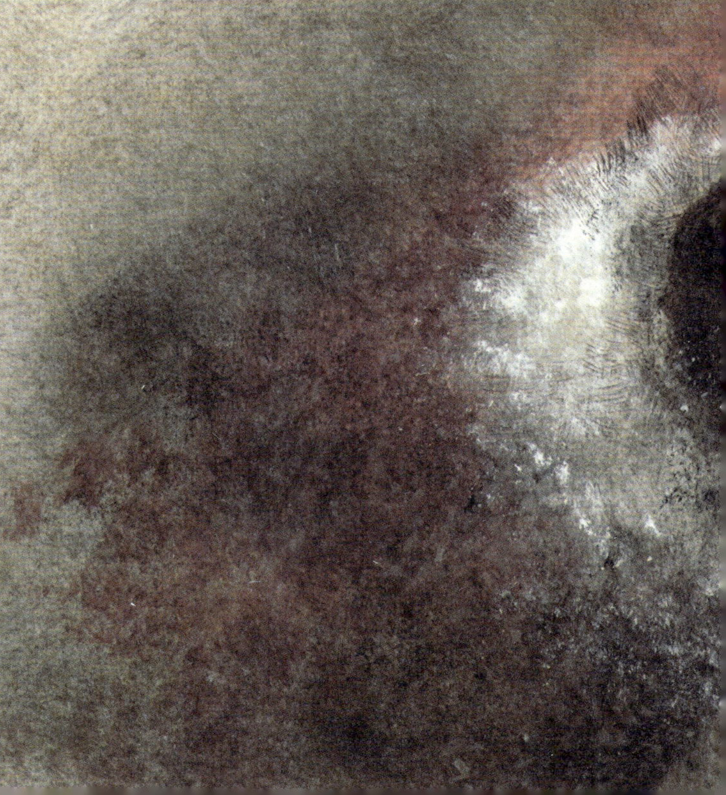

图 2-23

图 2-24

《胡桃夹子》

恩斯特·西奥多·阿玛迪斯·霍夫曼
于1816年首次出版

这个故事两百多年前诞生于德国，柴可夫斯基众所周知的芭蕾舞曲《胡桃夹子》的灵感便来源于此。霍夫曼的作品被译成其他语言后很少有保留原著形式的，童书经典系列丛书作品名称我们改了十四遍之多，最后决定为《胡桃夹子》。故事讲述了一个温柔的年轻女孩玛丽有一个被施了魔法的胡桃夹子，她十分喜爱这个胡桃夹子。在胡桃夹子的带领下，玛丽的玩具们最终战胜了七头鼠王。

在计划为这本书画插图的时候，我有两个想法。在我的首份“设计规划”中，我显然忘记了这一点——霍夫曼所说的复杂而又略带哥特式幻想的本质。几个月后，我尝试着重新起草一份“设计”。如果能面对面地向霍夫曼咨询一下，到底给什么样的场景作出插画能让整个故事更加出彩，那么恐怕我的工作不知道会轻松多少。但是实际上，我没有向任何一个德国人寻求帮助，更别说向去世几百年的霍夫曼求助了！

图 2–25

图 2–26

“鼠王”（图 2–25）

“小女孩，把杏仁给我！不然，我就把你心爱的胡桃夹子咬成两半！”鼠王大声叫嚷着，锋利肮脏的牙齿咬得咯咯作响。

瓦萨尔击鼓手（图 2–26）

“敲吧！我忠诚的瓦萨尔鼓手！用鼓点唤醒我们的军队！他们所向披靡！他们无坚不摧！”胡桃夹子亮起嗓子下了命令。于是鼓手拿出自己的拿手绝活来，密集的鼓点此起彼伏，震得玻璃房上的玻璃叮叮作响。

天文学家和德罗斯尔梅厄（图 2–27）

德罗斯尔梅厄和天文学家商议了三天三夜没有停息。星期六早上，德罗斯尔梅厄手舞足蹈地跑进皇宫，宣布自己找到了方法恢复皮尔力帕特王子失去的美貌，不料却因为惊扰了鼠王的午餐而掉了脑袋。

战争（图 2–28）

战旗飘飘，鼓声阵阵，一队队军队穿过胡桃夹子，最后在房间中间集结。弗里茨的炮兵团也走来了。不一会儿双方就开火了，枪声轰隆。玛丽看见数不胜数的糖球落在了鼠队中间，鼠兵身上全是白色粉末。不过毁灭性最大的是安置在妈妈脚凳上的重枪部队，他们朝鼠群中扔硬糖球，大多数鼠兵都被打倒在地起不了身。

图 2-27

图 2-28

《平安夜，神圣的夜：世界之歌》

1818年圣诞前夕约瑟夫·莫尔和弗朗茨·克萨威尔·格鲁伯首次演出

这首曲子家喻户晓，一些人知道这是一首诗，但是很少有人清楚这首歌的来源。几乎没有人知道这首歌的背后有着怎样神秘的故事，它的歌词有着怎样的魔力，它在历史上有着什么样的地位以及它为什么拥有这么浩瀚的力量源泉。

为了将这个故事完整地呈现在读者面前，奥地利出版商迈克尔·伊格鲍尔要求本书作者在历史学家沃纳和我的陪同下，一起前往位于奥地利萨尔察赫河畔的奥伯恩多夫小镇进行实地考察。

“19 世纪初的一个圣诞节，约瑟夫·莫尔牧师和身兼老师和风琴家的弗朗茨·克萨威尔·格鲁伯，这一对好伙伴就住在奥伯恩多夫小镇上。就在那时，战火在这个小镇蔓延开来。一座座桥坍塌了，一幢幢房屋被炸毁了，一条条街道烟雾弥漫……寒风呼啸，这悲惨的冬天似乎没有尽头，就连希望都远远也逃离了这座小镇，绝望吞噬着人们最后一点呼吸……”

这两个好伙伴打算在圣诞节为小镇里精疲力竭的、被战争所深深伤害的人们送上一份礼物：一首歌，一首驱逐镇民们内心绝望的歌。镇上教堂里的风琴早已被毁坏，因此两人决定在午夜弥撒的时候用吉他伴奏演唱这首曲子。听到歌声不多时，镇民们便自发地聚集在一起，和创作者们一起哼起了这重复的旋律，似乎在这首歌诞生之时他们早已会唱：“平安夜，神圣的夜，一切都那么安详，一切会光明……”

一百年后：

“‘一战’时期的圣诞节是有史以来最可怕的圣诞节，成千上万的人们死去了。”敌人，鬼魂，都高唱“奥地利传统歌曲”，彼此的心变得更近，眼里所见的便不再是敌人，而是在黎明等待救赎的自己。

我的老朋友兼导师帕特里夏·克兰普顿为我的插画写下了这几段话，2005 年出版的那本书我也将这段话摘抄了上去。

图 2–29

图 2–30

《丑小鸭》

汉斯·克里斯蒂安·安徒生
于1843年首次发表

在 2005 年的时候，为了纪念安徒生 200 周年诞辰，汉斯·克里斯蒂安·安徒生获奖者获批可为这位文学巨匠的任意作品作插画，我幸运地得到了《丑小鸭》的插画资格。我之前和丹麦一个出版商合作，出版了一本关于汉斯·克里斯蒂安·安徒生一生的书，所以我很熟悉安徒生的写作习惯。安徒生当年做了很多剪纸供自己和朋友玩乐。因此，我试着将剪纸艺术与日常的水彩画结合起来。效果图在上面的插画中可以看到。

《鲁滨孙漂流记》

丹尼尔·迪福
1719年首版

可能基于自身经历，丹尼尔·笛福将故事地点设定为鲁滨孙在大西洋的一个小岛上独自生活了 28 年之久。作为海难的唯一幸存者，鲁滨孙凭借其聪慧想方设法在岛上定居了下来，保护自己不受食人族的攻击并且解救了被困的船员。这是我在 2002 年出版的《鲁滨孙漂流记》。

图 2–31

《小飞侠彼得·潘》

詹姆斯·马修·巴里
于1904首演

图 2–32

1929 年，詹姆斯 · 马修 · 巴里将《彼得 · 潘》所有版权赠予了伦敦大奥蒙德街儿童医院。1988 年，一条特殊的国会法令宣布该医院将永久享用此作版权。2004 年，为了庆祝该书出版 100 周年，我被邀请为这本书作插画，而这也正是我为童书经典系列做插画的开端。

在七岁的时候，我已经尝试着为这本书画了一幅插图（165 页可见），上面雕刻着站在温蒂床尾的彼得，树屋，还有胡克船长的船。

"走开！走开！"

"小仙子进来不久后，小星星就吹开了窗户，彼得也钻了进来。小炉匠贝尔可没走多远的路，彼得背了他好一阵，手上还残留着魔法土。"

詹姆斯·马修·巴里，《小飞侠彼得·潘》

图 2–33

图 2–34

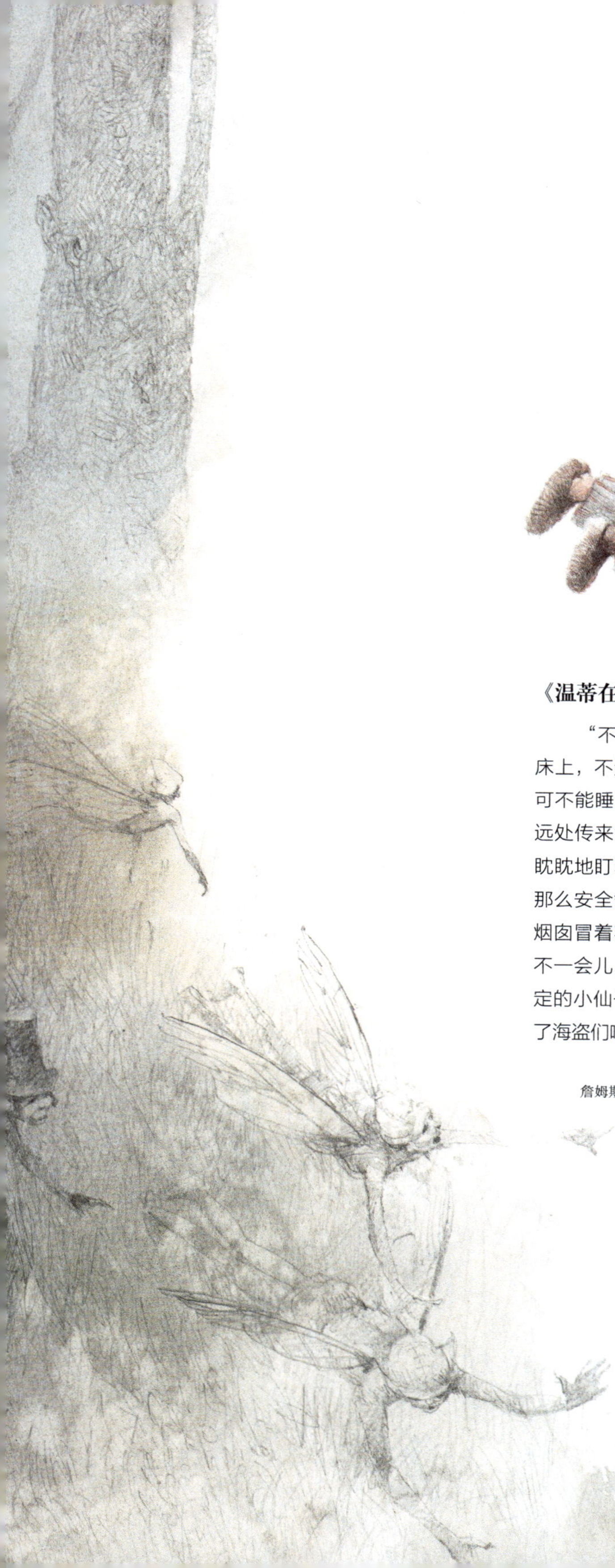

《温蒂在梦幻岛的家》

“不一会儿，温蒂就将他们藏在了树下家里的大床上，不过那天晚上她睡在了自己的小房子里，彼得可不能睡觉，他拿着绘制好的剑在门口站岗，因为不远处传来海盗们饮酒作乐的声音，狼群也在周围虎视眈眈地盯着他们。在这无边无际的黑夜里，小房子是那么安全舒适，明亮的灯光透过窗帘间隙隐约可见，烟囱冒着寥寥炊烟，还有彼得·潘守护在窗外。可是不一会儿，彼得·潘就沉沉地睡去了，一些意志不坚定的小仙子爬过彼得·潘的身子回到了屋子里，远离了海盗们嘈杂的欢笑声。”

詹姆斯·马修·巴里,《小飞侠彼得·潘》

《胡克船长的海盗团》

“哪怕在刑场也见不到这样邪恶得让人害怕的脸庞。注意，先说明一下，他不断地将头贴近地面观察动静，巨大的手臂裸露着，耳朵上挂着八个铁环。据说一个意大利小伙子用鲜血在加奥监狱总督的背上写上了胡克的名字。自从杀害了在瓜尔多墨河畔的妇孺们，胡克船长身后的黑色披风便沾满了献血，据说当时不知详情的妈妈们还故意恐吓小孩这人会杀了他们。这是比尔·朱克斯，他浑身上下全是纹身，据说他在发财前便从弗林特那里抢了六头海象；这个是库克森，传说他是布莱克·墨菲的兄弟（但是从来没被证实过）；这位绅士是斯塔基，之前在一所学校任职，不过现在似乎很享受杀戮的快感；爱尔兰人保·森·斯密，一个温柔得出了奇的家伙，在不知不觉中就可以给你致命的一击，他是胡克船上唯一的新教徒；还有一个双手被绑在身后的渔人……”

詹姆斯·马修·巴里，《小飞侠彼得·潘》

图 2–35

图 2-36

图 2–37

《金银岛》
罗伯特•路易斯•史蒂文森
于1883年首次出版

童书经典系列扉页

十四本童书经典系列丛书中的每一本书都有专属的扉页。上面都是书中人物的铅笔和水彩草图，还有一部分是细节图，这些插图最终都将以全彩版本的形式在书中和大家见面。这里展示的是《金银岛》中的插图。

有很多故事和人物在发展中逐渐超越了作者的最初设定，而有了自己的生命。它们成了后来的文学经典。毫无疑问，《金银岛》就是其中之一。例如吉姆·霍金斯，船上的高个厨师约翰·希尔佛就是这样的人物，还有布兰德·皮尤和里本·古恩。

《金银岛》的前几章是所有冒险文学作品中最引人入胜的章节。据儿童文学专家说，如果一个孩子能够阅读并且欣赏史蒂文森所著的《本葆将军的客店》中的戏剧情节，能够听懂吉姆·霍金斯的叙述，那么他将拥有令人无比羡慕的阅读能力。

《最后一个布兰德人》

在《金银岛》的第五章中，一天夜里布兰德·尤里被海盗同伙丢弃在本葆将军客店（图 2–37）外的小道上，被吉姆·霍金斯发现了：

“他被自己的伙伴抛弃了，不知道是因为恐慌还是因为报复曾经对他恶语相向和拳打脚踢的人，总之他被抛弃了。他冻得不停地在原地蹦跳来取暖，嘴里嘟嘟囔囔，呼唤着他的船长。最终，他犯了个悔恨莫及的错误：他转弯从我身边跑过，一路跑向村子，大声喊道：‘乔尼！黑狗！德克！’还有其他几个名字，‘你们不会丢下老皮尤的，你们的伙伴——才不是老皮尤！’

就在这时，喧嚣的马蹄声逼近了山顶，月光下，四五个骑兵清晰可见，只见他们向周围扫视了一圈，渐渐走近皮尤。

皮尤这才反应过来自己犯了个什么大错……”

罗伯特·路易斯·史蒂文森，《金银岛》

我觉得《金银岛》最好的插画是 1911 年纳维尔·康维斯·韦思画的布兰德·皮尤之死。我很小的时候就一直对这幅画很着迷，如今轮到我为这本书画插图，韦思带给我不少灵感。

图 2-38

图 2–39

《伊斯帕尼奥拉号》

快达到这座小岛时，吉姆 · 霍金斯是这样写的：

“滔天巨浪翻滚着，似乎企图吞噬掉伊斯帕尼奥拉号。阵阵巨浪撕裂着面前的一切障碍物，舵手被晃得站不住脚跟，整艘船都在咯吱作响，就像一个加工厂，呻吟着，咆哮着，跳跃着。”

按计划，我得先了解要怎样操纵伊斯帕尼奥拉号那样的大船——是怎样的惊涛骇浪，又是怎样的破浪前行。一个航海经验丰富的朋友给了我建议，用棍子做辅助，画了一艘停在遥远的北昆士兰米申滩涂上的船。经过反复琢磨修改，最终将这幅画以水彩画的形式保存了下来。

图 2-40

“微风正好，我们就像离弦之箭一样轻快地航行着。小岛的海岸就像丝带一样闪烁着，船每行一点，景色就变一点，那么的迷人陶醉……我不禁为自己的新船队得意起来……”

罗伯特·路易斯·史蒂文森，《金银岛》

图 2-41：

“为了得到弗林特那样多的财宝，伊斯帕尼奥拉号已经丢了十七条人命。弗林特积攒这些财富送出了多少人命，耗费了多少弓箭，沉了多少好船呢？这些人要有多勇敢才敢蒙着眼睛走过甲板？用了多少发炮弹？用多少的耻辱、谎言和残酷才能换回这样的财富？恐怕已经没有活着的知情人了吧。”

罗伯特·路易斯·史蒂文森，《金银岛》

图 2-41

图 2-42

《丛林之书》

拉迪亚德·吉卜林
首次发表于1894

图 2-43

一百多年前这本书首次出版，为这本书画插图可是很有难度的。例如，我不可能与这位称自己为作者的拉迪亚德 · 吉卜林大师探讨这本书，我也见不到这个生活在印第安丛林里由狼群养育大的男孩莫格里询问他的生活，更见不到在印第安区域养着 174 头运输行李的伊朗王巴巴德尔。希望我能在这些动物故事里融入更好的理解，让《丛林之书》的插画变得更加富有想象力。

无法从外界得到帮助，我只能更加仔细地去阅读原著，希望能够对丛林生物多些了解，能够更加生动地将故事描绘出来。同时，我也希望在创作中能够为读者朋友留下足够的想象空间，去继续拉迪亚德 · 吉卜林留下的冒险故事。

图 2-44

莫格里是一个小男孩，随着年龄的增长，莫格里渐渐明白自己应该与自己的同类一起生活，而不是整天与这些动物待在丛林里。首先，他需要面对的敌人是老虎希尔·可汗。只有在智慧和力量的较量下方能显现谁才是真正的丛林之王。

（图 2-45）

《莫格里和巴鲁》

“这里的故事发生在莫格里即将离开色昂里狼群与老虎希尔·可汗决斗之前。那天，巴鲁正教他丛林法则。这只严肃的大棕狼为有这个聪明的小家伙欣慰不已，因为只有当小狼决定离开狼群自我打拼的时候才会向老狼学习丛林法则。”

拉迪亚德·吉卜林，《丛林之书》

图 2–45

图 2–46

《里奇 – 提奇 – 塔维》

“突然，他跳了起来。他的头渐渐偏离了水罐，完美曲线下的嘴紧紧咬着牙关。瑞基用后背紧紧抵着冒出的红色陶罐以保护头不受伤害。此举只给了瑞基一小会儿的喘息时间，但是这一小会而对瑞基来说确实放松了好多。然后就是他像过街老鼠一样被折磨得不成样子。”

《白海豹》

“他慢慢靠近这个海里的老家伙——丑陋、臃肿、肥硕、粗脖子，有着长长獠牙的大块头海象。他无礼，傲慢，恐怕只有睡着的时候才是最有礼貌的。他正半瘫在水中，后脚蹼一上一下拍打着水花。”

“嘿！醒醒！”白海豹科帝克大声叫道，“海豹真的无家可归了吗？我们只想找个没有人类打扰的栖息之地啊。”

拉迪亚德·吉卜林，《丛林之书》

图 2–47

图 2–48

《唠叨鬼卡拉和图麦》

“卡拉爬上坡顶停了下来。这时，展现在小图麦眼前的是绵延万里的树林，树顶在月光的照耀下有着毛茸茸的质感，看起来是那么的可爱。山谷里的小河上飘着蓝白色的水汽，就像仙境一样充满了神秘的色彩。图麦将身子向前倾了倾，呆呆地望着这片没有尽头的林海，他感觉整座森林都在此刻苏醒了过来——清醒了，有活力了，感觉也更拥挤了。一只棕色的食果大蝙蝠‘呼啦’一下掠过耳际；豪猪的尖刺在灌木丛中刮得‘吱吱’响；图麦还听见在黑暗深处的树桩下，猪熊正认真地刨着温热潮湿的泥土，它一边刨一边开心地发出‘哼哧哼哧’的叫声。”

拉迪亚德·吉卜林，《丛林之书》

图 2-49

图 2-50

图 2-51

《原来如此的故事》

拉迪亚德·吉卜林
于1902年首次出版

鲸鱼为什么只吃小鱼小虾？愚蠢的骆驼受到什么惩罚而不得不终日背着驼峰？大象的鼻子为什么这么长？犀牛的皮肤为什么这么多褶皱？拉迪亚德 · 吉卜林创作了很多类似于以上关于世界起源的绝妙故事，这也是他第一本关于动物的故事集，借此怀念六岁便去世了的女儿。失去女儿后，拉迪亚德悲痛欲绝，于是他收集了这些故事并为之配上插图于 1902 年出版，这本书如今是童书中的经典作品。

我在 2013 年出版的童书经典系列就收录了这本书，并添加上了之前形式不太完整的故事，包括后来出现的“禁忌故事”等，这在原书里是没有的。在新书中，彩色插图取代了吉卜林版本的带有超现实主义的黑白插图，还囊括了吉卜林那篇超长标题的解释文章，文章里他解释了自己的插图，试着去告诉读者自己画的是什么。

图 2-52

为了画出更贴合荒诞的《原来如此的故事》的插图，我需要在现实和虚构之间开拓出一条不寻常的路，因此我时常将吉尔伯特 · 基思 · 切斯特顿对吉卜林时代的评价牢记在心：

“描绘根本不存在的美女蛇美杜莎或鹰身狮首兽，这与异化真正存在的犀牛根本不是一回事。”

图 2-53

图 2-54

图 2-54：

《独自漫步的猫》

“这是一只独自漫步在荒凉茂密又潮湿的森林里的野猫，身后不停摇晃的尾巴更加凸显了其桀骜不驯的野性。”

图 2-55：

《在海里戏水的螃蟹》

这是拉迪亚德 · 吉卜林为自己的黑白插画作品《螃蟹加索尔 · 阿玛》所取的名字。

“这幅画展示了《螃蟹加索尔 · 阿玛》正慢慢浮出海面的画面，此时的它足足和身后的三座火山涌起的烟雾一样高。因为加索尔 · 阿玛身躯太过于庞大，我就没有将这几座小山画上去。加索尔试着使用魔法，可事实上它不过是一只笨拙的老螃蟹王，什么都做不了。从画中我们可以看到加索尔由爪子、腿、空壳子组成。这只独木舟上有一个男人，他的女儿，还有一个老魔术师，他们从霹雳河来……男人朝着加索尔挥舞着弯弯的克里斯刀；小女孩儿静静地坐在独木舟中间，因为她知道和爸爸在一起就是最安全的；船尾的老魔术师举着魔法棒准备施法……”

图 2-53：

《字母表是怎么做成的》

“‘蛇 - 杆子 - 碎蛋 - 鲤鱼尾和鲤鱼嘴’，太菲说道，‘舒雅 - 雨水，’就在这时，一颗雨滴掉在她手上，天空早已乌云密布。‘爸爸，为什么下雨了，这就是你想对我说的吗？’”

“当然，”她的爸爸答道，“不用说话，也能告诉你意思不是吗？”

“不，一开始我就知道答案了，不过不太确定，一下雨我就明白了。我记住了，舒雅就是下雨的意思。”

拉迪亚德·吉卜林，《原来如此的故事》

图 2–55

《秘密花园》

弗朗西丝·霍奇森·伯内特
1911年首次出版

这本书故事情节引人入胜，是 20 世纪最受孩子们喜爱的童书之一。在 2011 年，为了纪念《秘密花园》出版一百周年，我出版了自己的插画纪念册。故事讲述了可怜的玛丽 · 伦诺克斯在父母去世后，来到了定居英国乡下的叔叔的大庄园里的事。经过一段不适应之后，玛丽在庄园里渐渐有了朋友——侍女玛莎，当地的动物魔术师迪肯，说话粗声粗气的园丁本 · 维瑟斯塔夫，还有那个奇怪的男孩柯林。随后小玛丽找到了开启封闭十年之久的秘密花园的钥匙，一个新的魔法世界就展现在了她面前。

图 2–56

图 2-57

玛丽十分喜爱“秘密花园”这个名字，一想到那个地方，她的脑海里便浮现了“秘密花园”这几个字。花园四周都是古老的城墙，门一关，就再也没有人知道她在哪里。玛丽对这种神秘感十分着迷，就好像进入了一个与世隔绝的仙境。

弗朗西丝·霍奇森·伯内特,《秘密花园》

图 2-58

“这看起来就像一个游行队。柯林领头，迪肯和玛丽跟在两旁，本 · 维瑟斯塔夫慢悠悠地走在队伍的后边，其他可爱的小家伙则在队伍里蹦跶着。小羊和小狐狸紧紧跟着迪肯，小白兔时而单脚跳来跳去，时而停下嚼着路旁的青草，俨然一副领队的样子。”

图 2-59

图 2-60

“这个小男孩样子很滑稽，大约十二岁。他看上去很整洁，红扑扑的脸蛋像红苹果一样，眼睛又大又圆，玛丽还没有在别的男孩子脸上看到过这么湛蓝深邃的眼睛呢。”

“男孩，狐狸，奶牛，两只松鼠还有那只刚出生的小羊羔正赶来看我呢，我待会儿要把他们都领到楼上去。”他说道。

“他的名字叫迪肯，是驯兽师。”

弗朗西丝·霍奇森·伯内特,《秘密花园》

在构思《秘密花园》的插图时，我画了很多在大多数英国的花园里都能寻见的植物，随后把这些植物放在了每章的开篇，一共二十七幅绘图。同时我参照了《弗兰普顿·弗洛拉》中的植物绘图。这本画册出版于19世纪40年代，是由来自格洛斯特郡的克利福德家族的八位夫人编写的。仔细阅读这本画册，你会发现这八位作者之间的团队协作关系正和玛丽、迪肯和柯林共同振兴他们的《秘密花园》如出一辙。

图2-61上的植物分别是（从左上方顺时针方向）

常见的罂粟
大黄
斯布里女爵的“玫瑰”
带香味的姜黄
豌豆
常见的草莓

图 2-61

《柳林风声》

肯尼斯·格雷厄姆
1908年首次出版

这幅概要图囊括了整个事件发生的所有场景以及《柳林风声》中出现的地点。在2008年的时候，为了纪念《柳林风声》出版一百周年，我出版了它的插画作品，而这幅图就是第一章“河岸”的开篇图。英国南部有着梦幻般的绿色乡村，而它就像一幅地图一样，仔仔细细地描绘了这个小角落里的每个地点。鼹鼠和来自蛤蟆堂的蛤蟆先生住在河的一边，阿鼠住在河岸不远处，丛生的水草对面是野树林，獾就住在那里，还有白鼬、黄鼠狼等野生动物。小河流经潘岛，穿过堤坝，最终流入了小动物们不曾去过的蓝色海洋。

这里出现的人物是作者肯尼斯·格雷厄姆，围在他身旁的是故事里的主角们——獾，鼹鼠，老鼠和蟾蜍先生。

图 2-62

图 2-63

《獾的厨房》

“厨房里宽敞明亮，很有气派，简直可以用来宴请胜利归来的英雄。就算沿着长桌放上一整排收割机，房间也不会显得拥挤，欢声笑语仍可不绝于耳，抑或者心情不错的时候，邀约三五好友就桌而坐，或吃，或喝，或攀谈，哪怕是呷上一口烟也是一种舒适的享受。”

砖红色的地板朝着烟雾缭绕的天花板微微一笑：耐用的橡木凳子边缘散发着闪闪的亮光，相互交换着喜悦的眼神；桌板上的餐盘对着架子上的罐子咧嘴大笑；壁炉里欢快跳跃着的火花肆意地扭动身躯狂欢。

肯尼斯·格雷厄姆，《柳林风声》

图 2-64

SALT

图 2–65

图 2–66

“他急匆匆地往家里赶，迫切地想要再次回归家的怀抱，沿途路过的是他熟悉的并且深爱着的事物。鼹鼠先生很清楚，此时此刻在这田垄间绿篱里穿梭的只有自己，刚刚犁过的土埂，常光顾的草场，夜行者踏出的小径，刚播过种的园地也都和自己紧紧地联系在同一块土地上。对其他人来说，凹凸不平的路面，坚忍的耐力，生活中的磕磕碰碰都是艰苦生活的常态。鼹鼠不得不让自己的脑子时时刻刻保持精明的状态，不得不努力生存，去创造一个温暖舒适的家，以便长途跋涉之后有一个落脚之处。这才是他的‘一生’。”

图 2–67

图 2–69：

“河面上有两只鼹鼠奋力地摇着双桨，落下的桨板在水面溅起了巨大的浪花。突然，一只鼹鼠一脚踏空，身子顺势砸向了另一只鼹鼠身上。为了保持平衡，它立马跳到船的另一侧。不料，‘扑通’一声，两只鼹鼠都掉进了河里。”

图 2–68

图 2–69

图 2-70

丛林里来的动物们攻占了蟾蜍的家，于是蟾蜍先生的几位朋友阿鼠、鼹鼠和獾，他们与蟾蜍先生相约去阿鼠家里商议怎么向蟾蜍家里发动攻击，赶走那些侵略者。

“现在情势紧迫，”阿鼠沉声道，“但是我经过冥思苦想，终于知道了蟾蜍该怎么办。我要把这个想法告诉你们，他应该……”

“不行，不能这么做！”鼹鼠张口大叫道，“绝不能照你说的做！你根本就不明白情况。他应该……”

“好了好了，我也没打算听你们的。”蟾蜍不耐烦道，情绪有些激动，“我才不想被你们这群家伙牵着鼻子走！那是我的家，只有我才知道怎么做，我打算……”

三人吵得不可开交的时候，一个干巴巴的震耳欲聋的声音响了起来，獾发声了：“你们都给我闭嘴！”顿时房间里鸦雀无声。

《绿野仙踪》

李曼·法兰克·鲍姆
1900年首次出版

1939 版的好莱坞电影《绿野仙踪》中朱迪 · 加兰饰演了桃乐西，我记得这是我在家乡吉隆看的第一部电影。尽管画面惊险刺激，但电影中桃乐西同伴的表演没有让我折服的地方——稻草人，锡人，胆怯的狮子——不过是穿着奇装异服的演员，我希望它们能更符合故事的描述。

七十年后，终于有幸得到机会为李曼 · 法兰克 · 鲍姆笔下《绿野仙踪》中的角色画插图，我将竭尽全力使其符合原著。遗憾的是，未能在书上贴上桃乐西在“翡翠城”中的路线图。我希望我能将这些想象铭记在脑海里，那些关于阅读了美国经典童话的人的记忆。

图 2-71

图 2–72

《稻草人》

“现在我们在休息，讲一个故事给我们听好不好？”小孩请求道。

稻草人看向她，目光里有些责备，“我的生命太短了，没有发生过什么有趣的事情。我昨天才被做成稻草人，昨天之前我对这个世界一无所知。不过幸运的是，农夫在做我的脑袋的时候先帮我安上了耳朵，这时候我听说了接下来的事。和农夫在一起的还有一个尖嗓子的家伙。‘你觉得这个耳朵怎么样？’农夫问道。

“‘不够直。’另一个农夫回答道。

“‘没事。’农夫答，‘耳朵都这样的，差不多就得了。我要开始做眼睛了。’接着，他就开始帮我画眼睛，不一会儿眼睛就画好了。我一睁眼便发现自己盯着他看，骨碌碌的大眼睛好奇地望着周围的一切。我记得很清楚，因为这是我对这个世界的第一印象。”

李曼·法兰克·鲍姆，《绿野仙踪》

图 2-73

图 2-74

《铁皮人》

上图依次展示了一个真正的樵夫如何变成铁皮人，并带着他的斧头卷入了一系列的事件中的事，包括来自东方的邪恶女巫阻止他和自己相爱的女孩结婚的事。铁皮人的身体被四分五裂，尽管后来铁匠将他的腿、胳膊、头还有整个身子都补好了，可是他没有心了。铁皮人对桃乐西和稻草人如是说：

“和她在一起的那段日子是我人生中最快乐的时光，我感觉自己是世界上最开心的人……可是谁会爱上一个没有心的人呢，所以我打算请求奥茨给我一颗心。如果真能这样的话，我要回去和她结婚。”

李曼·法兰克·鲍姆，《绿野仙踪》

图 2-75

图 2-76

《汤姆·索亚历险记》

马克·吐温
1876年首次出版

马克·吐温在密苏里州的汉尼拔小镇长大，那个小镇正如小说中汤姆·索亚和他的朋友居住的圣彼得堡镇一样。周围除了密西西比河，还有道格拉斯寡妇居住的加地夫山。远一点，是离这里顺河而下三英里的杰克逊岛，还有加地夫山背后麦克·杜格尔居住的山洞。上述所有地点在《汤姆·索亚历险记》都发挥着至关重要的作用，它们对我的 2010 插画工作也很有启迪作用。

图 2–77

图 2-78

圣彼得堡镇本身是一个很惬意的小镇，但是很难和其他故事里的房屋区分开来，因为这种架构的屋子在很多故事里都是一样的。在马克·吐温的经典小说中，长老会教堂上充当尖塔的松木盒、警署、法院、镇监狱、三个酒馆、学校、各色各样的商铺、办公室、马房和仓库在不同时空中杂糅在了一起。尘土飞扬的街道两旁大多是高高的白色栅栏，一到春天，景色一片赏心悦目，白色栅栏在繁茂的槐花里隐约可见。密西西比河沿岸港口小镇众多，圣彼得堡镇只是其中之一，但它不够大，蒸汽船没法在这里靠岸。

汤姆和他的朋友哈克·费恩就在这里进行了他们惊心动魄的冒险旅程，还都是在夜里发生的。吐温可能没有料想到不久的以后，很多插画家已经开始描绘他故事里的经典场景了吧。著名的墙画描绘了一个周六早晨的事，尽管是在白天，但是很多事情却是在暗中进行的，例如麦克·道格尔的山洞，或是连夜漂流向杰克逊岛，或者夜里的墓地，这些场景都是很有吸引力的。这时候，如果描绘在教室上课汤姆和贝基就显得没那么重要了。

图 2-79

图 2-80

“谁在那里？”

“汤姆 · 索亚，来自西班牙大陆的黑人复仇者，说出你的名字。”

“哈克 · 费恩，双手沾满鲜血，来自海洋的恶魔。”汤姆从他喜爱的文学作品中学来了这些名衔。

马克·吐温，《汤姆·索亚历险记》

图 2–80

图 2–82

“一个平常的下午，男孩们趁船主不在‘借’了一艘小船，立刻把船摇走了……”

《在麦克杜格儿的洞里》

“我的天哪，哈克，看这里！”

绝对没错，这就是一个百宝箱，放在这个小小的、温暖的洞穴里，旁边是一个空的火药桶，皮盒子里放着几支枪，还有两三双旧的鹿皮鞋，一条皮带，和一堆被水槽流下的水浸湿的垃圾。

“终于找到了！”哈克用手扒拉着生锈的硬币说，“都是我们的，我们有钱了，汤姆！”

“哈克，我总是想着我们能找到的。不敢相信，我们真的得到了！不过我们别在这儿久留……”

马克·吐温，《汤姆索亚历险记》

图 2-83

《80天环游地球》

儒勒·凡尔纳
1873年首次出版

菲利斯·福格为了在伦敦的改革俱乐部打的赌，和仆人路路通开始了为期八十天的环游世界之旅。这个意想不到的组合坐过火车，乘过蒸汽船，乘过雪橇，骑过大象，一路上救过一位想自杀的印第安女子，逃脱了绑架，躲过了飓风。一路上他们和苏格兰坚韧不拔的菲克斯警探为伴。

我能记得 1956 年迈克尔·托德根据这个故事拍的宽银幕电影，主要归功于里面索尔·巴斯设计的美妙的图像。这部电影令人印象如此深刻，以至于人们仍然很难相信在凡尔纳“真实”的故事中没有横贯法国阿尔卑斯山的热气球旅行。

12 月 4 日（环游世界的第 62 天）的中午：

“……几万头水牛占领了轨道。火车降低了速度，想用排障器赶走牛群，但是牛的数量太庞大了。水牛缓缓前进，时不时地发出震耳欲聋的吼叫……”

图 2-84：

《雪橇旅行》

“12 月 9 日，多棒的一次旅行。”旅客们挤在一起，太寒冷了说不出话来，雪橇的速度越快他们觉得越冷。雪橇像小船在波浪上一样平稳向前行驶……

儒勒·凡尔纳，《80天环游地球》

图 2-84

图 2-85

12 月 18 日

“烧了亨丽塔！”

“没错，至少烧了它的上半段。煤已经发出来了。”

……必须有干柴让蒸汽制造足够的压力，那天，船尾、船舱、铺位和多余的甲板都用来做柴火了。第二天，也就是 12 月 19 日，桅杆、救生艇、圆材都烧了，船员勤奋地工作着，把火烧得旺旺的……

“20 日，栏杆、配件、甲板较大的那部分、船顶都不见了，亨丽塔只剩下船底的残骸。但是就在那天，他们看见了爱尔兰海岸和法斯内特岛灯塔。”

儒勒·凡尔纳，《80天环游地球》

图 2–86

《福格和路路通》

这是我对儒勒·凡尔纳冒险中两个主人公的研究。他们在第一章的标题里被形容为“菲利斯·福格和路路通谈妥了互为主仆”。

《木偶历险记》

卡洛.科洛迪
1883年首次出版

对于今天的读者来说，科洛迪的《匹诺曹》是个惊喜，很多人都会惊讶地发现，小说和迪士尼 1940 年拍的那部著名的电影有很大的不同。科洛迪必须保证故事能够吸引读者，因为小说是一章一章在报纸上连载的。他创造了一个奇异的、颠倒的世界，轻微地影射了意大利的托斯卡纳区，在那里任何事都可能发生，也有邪恶的坏人潜伏。匹诺曹总是遭遇不幸，他受了很多苦，即使在最后一章他的命运也没有尘埃落定，留给读者一个永远的悬念。的确，作者一开始想过让故事终结在第十五章，让匹诺曹吊死在一棵橡树上。但是由于读者强烈的抗议，科洛迪被迫将这个系列继续写下去。

2014 年，当我画了匹诺曹吊死在树上的插画，一些出版商觉得这太阴森了，发出了抗议。结果在新版书中，插画里去除了连接橡树枝和匹诺曹木质傀儡脖子的绳子，变成了匹诺曹在树下奔跑的画面。

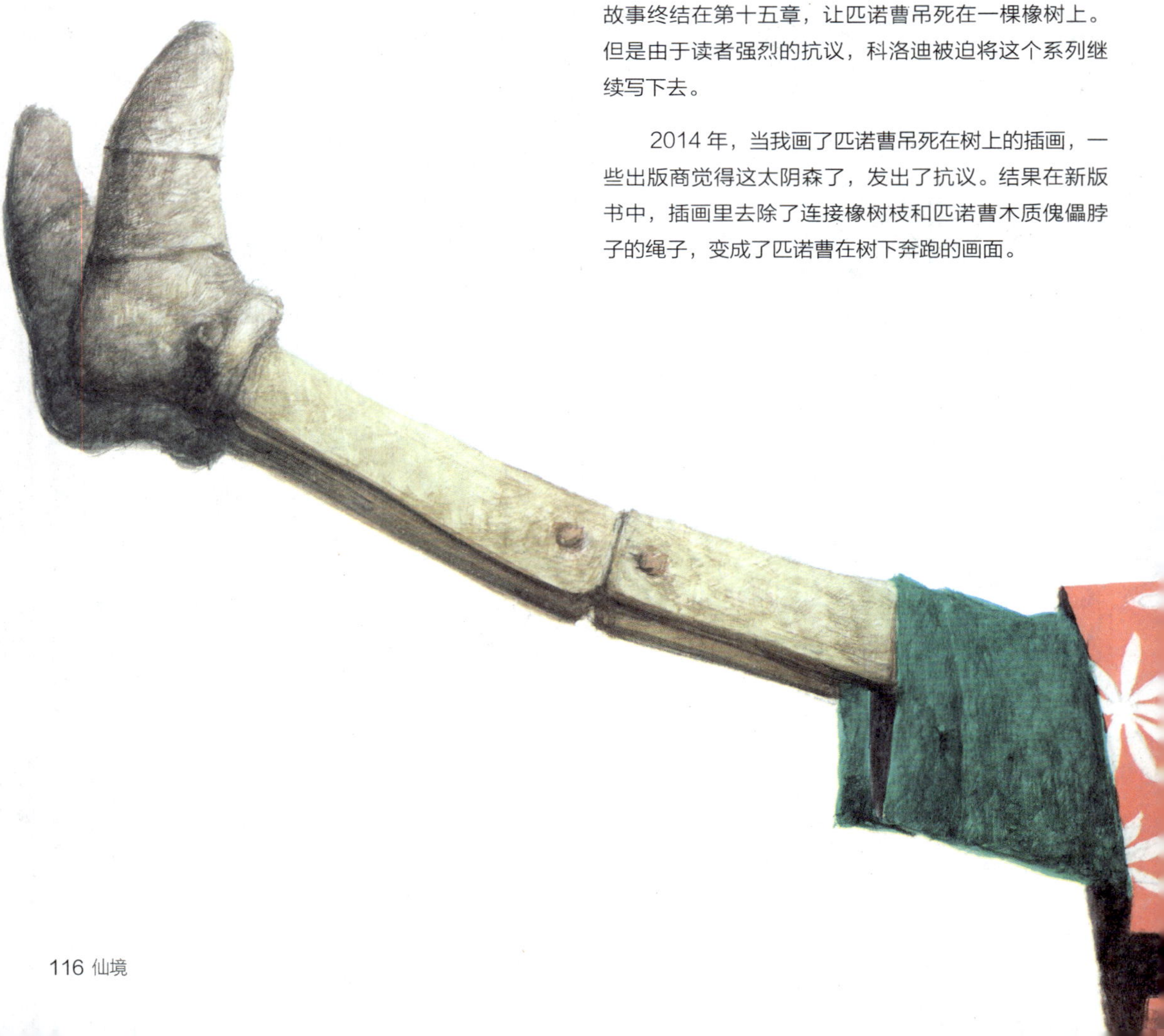

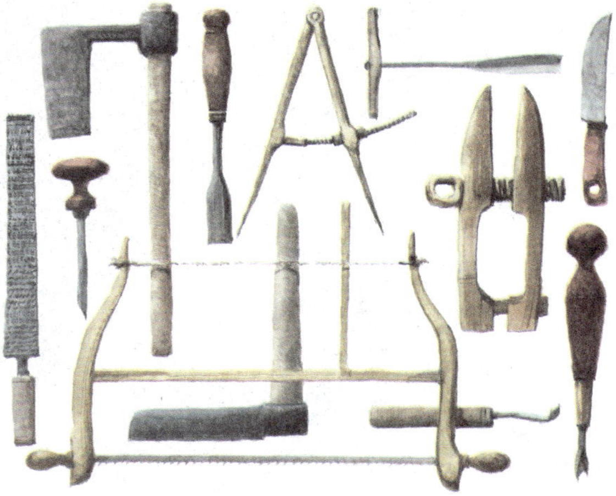

图 2-87

图 2-88

图 2-89

《提线木偶剧院》

“匹诺曹，到我这儿来！”哈勒昆大声喊道。“到你木头兄弟们的怀抱里来。”

在那样盛情的邀约下，匹诺曹发现自己一跃就从管弦乐队的后面到了前排。再一跃，他到了领奏者的手里。再一跃，他落在了舞台上……

图 2–90

图 2–91

图 2–90：

匹诺曹跳到了鸽子的背上，他调整了姿势，他快乐地喊着：“飞奔吧，飞奔吧，我的骏马！我赶时间呢！”

图 2–91：

下了好多天雨，路上很泥泞，有时积水甚至到了匹诺曹的膝盖，但是匹诺曹仍然勇敢地前进着。

图 2–92：

“你认出我来了吗？”蜗牛问道。

“我不知道。”

“你记得和蔚蓝色头发的仙女住在一起的那只蜗牛吗？你难道忘记了有一夜她为你开了门还给了你食物吗？”

图 2–92

图 2-93

《红龙虾旅馆》

日暮时分，匹诺曹、猫、狐狸到了红龙虾旅馆，坐在了同一张桌子前，但是他们都不饿。

可怜的猫觉得十分虚弱，他只能吃下 35 条蘸着番茄酱的胭脂鱼，四份内脏和芝士……狐狸在完成了一个大骗局之后，只要吃上 1 只小野兔配上 12 只鲜嫩肥美的小鸡就能心满意足。吃完野兔后，他又点了一些鹧鸪，几只山鸡，几只兔子，十几只青蛙和蜥蜴……匹诺曹是几个人中吃得最少的，他几乎没碰他要的一片面包和几颗坚果。可怜的匹诺曹，他的思绪仍然停留在奇境里，默默忍受着金币消化不良症。

卡罗·科洛迪，《匹诺曹历险记》

图 2-94

《爱丽丝漫游奇境记》

路易斯·卡罗尔
1865年首次出版

图 2–95

路易斯 · 卡罗尔的这本杰作于 1865 年 7 月 4 日第一次出版，就在他给爱丽丝 · 林黛儿和她的姐妹们讲这个故事的三年后。《爱丽丝漫游奇境记》内容完全原创，和以往的童书有很大的不同，一出版便成为畅销书，并且 150 年间不断再版。

路易斯 · 卡罗尔邀请约翰 · 坦尼尔在第一版书上画了黑白插画，当时坦尼尔是 19 世纪 50 年代伦敦《笨拙》杂志的名插画家。坦尼尔这些绝妙的图片出色地定义了这个经典的故事。1907 年，《爱丽丝漫游奇境记》没有了版权的限制，这给了除坦尼尔之外的插画师解读这个故事的权力和机会。其中一位插画家，阿瑟 · 瑞克汉姆，把自己描绘为疯帽匠。一些读者在 2009 年新版的《我看起来并不是不像我所画的疯帽匠》中说道：这不是我的本意，但这也不失为向卡罗尔、坦尼尔和后来的瑞克汉姆致敬的一种方式。

图 2–94：

“兔子洞直直的下去有点像隧道，忽然冲下去，太突然了，爱丽丝还没想着停下来就发现自己已经掉到了一个深井里。”

路易斯·卡罗尔，《爱丽丝漫游奇境记》

图 2–96

图 2-97

图 2-98

《图解爱丽丝》

伊丽莎白 · 汉米尔在《书使》杂志中谈到了如下关于我帮助现代儿童通过爱丽丝的肢体语言来解读其想法的兴趣：

罗伯特对作者意图、人物心理、地点和现代读者由于视频和电影而引发的对情感和期望的密切观察，赋予了他经典修正版的力量和活力。就能看到罗伯特的爱丽丝，看她在面对“不明物体”邀请她“吃了我”或者“喝了我”做决定时的那种“惊奇的”“担忧的”肢体语言。

在路易斯 · 卡罗尔所处的维多利亚时代，“药物滥用”并不像今天一样是个社会问题，所以卡罗尔几乎没有研究十岁的孩子——爱丽丝那个年纪的孩子——当他们不安却又不想让别人注意时会有什么样的反应。

爱丽丝会抬手贴近自己的脸，再拿开，然后看似掩饰似的，用另一只手握住那只手。当爱丽丝犹疑不决时就会做这个动作。

图 2-99

图 2–100

图 2–101

图 2–102

《疯狂茶话会》

房子前面的树下放着一张桌子，三月兔和疯帽匠正在品茶：一只榛睡鼠在他们中间睡得正香……桌子很大，但是他们三个却挤在桌子的一角："没地儿了！没地儿了！"看到爱丽丝来了他们叫道。"地儿多着呢！"爱丽丝生气地说道，坐在了桌子一边的一张巨大的扶手椅上。

图 2-103：

《毛毛虫的建议》

毛毛虫和爱丽丝大眼瞪小眼了一会儿，最终毛毛虫从嘴里拿出了水烟筒，懒懒地问道："你是谁？"这可不是一个令人振奋的开场白。爱丽丝有点害羞地回答道："先生，我也不知道我是谁。就在刚才，早上我起床的时候还知道自己是谁，但是之后我想我已经变过很多次了。"

路易斯·卡罗尔，《爱丽丝漫游奇境记》

图 2-103

图 2-104

《爱丽丝镜中奇遇记》

路易斯·卡罗尔
1871年首次出版

在《爱丽丝漫游奇境记》之后，卡罗尔写出了一本与之相媲美的书——《爱丽丝镜中奇遇记》，这本书的每一处都十分美妙。这次爱丽丝进入了壁炉上方的镜子，来到了一个颠倒错乱的世界，棋子带着她开始了旅行，花儿能说话，什么东西都和它看起来的样子不太一样。错位主题不仅体现在故事里，也显露在卡罗尔的生活中：他喜欢用镜像书写写信，也喜欢画一些倒过来能变成另一种图像的画。

为了给这两本关于爱丽丝的书做插画——第一本在2009年，第二本在2015年——我试着通过多读与卡罗尔相关的书来“了解”他，希望能通过镜子里看到的事物来解读这位大师，但是我仍然是个糟糕的学生。

《爱丽丝女王》

“哇，真是太美妙了。”爱丽丝说道，“想不到这么快我就成了女王！让我来告诉您这是什么，陛下，”她以一种庄重的口吻对自己说道（她挺爱约束自己的），“你永远不该像这样懒洋洋地坐在草地上！女王要有女王的威仪！”

图 2-105：

《隐语重重》

提防弦外之音呀，我的孩子！
嘴能咬人，爪能抓人！
小心鸟儿啾啾，
躲避那毒蛇猛兽犹恐不及！
他长剑在握，
渴望交战寻觅对手，
树鸣瑟瑟他伫立，
拭目以待稍加思索。
他豪情万丈，
隐语带着光芒，
徐徐渡水穿林，
窃笑登场！

路易斯·卡罗尔，《爱丽丝镜中奇遇记》

图 2–105

图 2-106

《爱丽丝遇到了特威丹和特威帝》

他们站在一棵树下，互相勾着脖子搭着肩，爱丽丝立刻知道了谁是谁，因为一个人的领子上绣着“丹”，而另一个人的领子上绣着“帝”。

“我想他们两个人的领子下面都绣着‘特威’。”爱丽丝自言自语道。

图 2–107

《爱丽丝遇到了汉普帝邓普帝》

“为什么你一直一个人坐在那里呢？”爱丽丝说道，并不想引起争论。

“因为没人和我做伴！”汉普帝邓普帝叫道，“你以为我回答不上来？下一个问题。”

路易斯·卡罗尔，《爱丽丝镜中奇遇记》

3. 探寻仙境：

魔法之旅

你意识的角落里有一个世界，在那里梦会成真，而现实是不速之客。你可以随心所欲地逃进这个世界，不需要口令，不需要魔杖，也不需要阿拉丁神灯，只需要你对从来没有过的事情的想象力和好奇心。

1985 年，我和迈克尔 · 佩吉抱着这样的想法发行了我们的书《百科全书：从来没有过的事》。每个时期的每个人，都知道了做梦的重要性。当梦被记录下来时，我们称之为神话。传奇和童话，他们是我们秘密世界的宝贵财富，能带我们立刻到达奇境。他们向我们解释我们一直想知道的事，并且证实我们的直觉——除了我们的世界之外还有别的世界。

我喜欢用文字和图片探索魔法梦的一些领域，在我的插画艺术的第三部分，有四本书与之相关，它们是：

《百科全书：从来没有过的事》，1986
《守梦者》，1995
《万圣节的马戏团》，2002
《巫师的魔法书》，2003

图 3-1：

《守梦者》

我们的梦经常会逃出来寻找现实，守梦者负责抓住它们，并把它们挂回到它们所属的大梦树上。

图 3-1

《巫师的魔法书》

碧翠丝·菲柏

巫师和人类同样古老。作为强大的魔法师，他们有着我们普通人不具备的能力——挥动魔杖，就能控制命运。聪慧的人们拥有许多关于历史、神话以及传说的故事，他们有强大的能力塑造我们的世界，无论是好是坏。

巫师现在仍然非常流行，比如我们喜爱像哈利·波特这样的施法者，也许有人认为这种角色是虚构的，但是我们的梦想却一直存在。巫师通常被认为是男性的“巫婆”，但是这种说法并不完全正确。巫婆一般依靠邪恶的力量去帮助自己，都是邪恶的，但是巫师却通常运用善意的力量去念魔咒，或者至少是善意和邪恶都有。

巫师属于许多魔法工作者中的一种。魔法工作者还包括魔法师，魔术师，术师，幻术师，女巫，拉米亚，法术师，法师，伏魔师，神秘人，等等。

图 3–2

图 3–3

《女术士赛丝》

美丽的女术士赛斯被人们所知，是因为当奥德修斯和他的全体人员来到她施了魔法的岛上之后，她将他们全部变成了猪，奥德修斯本来却由于一种神奇的草药而免于她的魔法，这种草药是希腊神赫尔墨斯给的——魔草葱。

《约翰·迪伊医生》

最后一位皇家魔法师约翰 · 迪伊是伊丽莎白女王一世的占星师，是 16 世纪后期英国法庭的一个位高权重的人。他能绘制地图，精通数学，所以非常受人们尊敬，他被认为是欧洲最博学的人。但是因为他会占星术，能点石成金，还有天使才能拥有的魔力，人们也很害怕他。约翰 · 迪伊是莎士比亚的著作《暴风雨》中男巫普洛斯波罗的灵感来源。

图 3–4

《万圣节的马戏团》

伊格鲍尔

图 3–5

出版商和我进行了试验，计划使这本书能够出其不意地抓住万圣节的真谛，而不仅仅是字词和图片的堆砌。

为了找到一种折叠书页的全新方式（图 3–5），我们制造了一种由碎布片做成的纸。之后一位意大利的印刷工发明了一种使用机器折叠的办法，将书整理并且装订起来。这本 16 页的书规格是 230mm × 285mm，展开之后是一张像海报一样的图片（900mm × 570mm），上面标有页码。这本书的最初计划、插图构思以及故事情节安排都是由美国马萨诸塞州的埃里克·卡尔图画书艺术博物馆提供的。

图 3–6

《造梦人》

为了阐释这个角色，我在 2006 年给我的孙女伊丽莎白 · 爱丽丝写了一封信。

亲爱的爱丽丝，

这封信是关于一个收集大家的梦并且保护人们安全的男人的故事。他的名字叫作造梦人。我认识的人中没有人见过他。我们只能想象他的样子，尽管我们对他所知甚少。

我们知道他穿着很早以前的奇怪的衣服，所以他可能年纪很大了。他有护身符和鱼饵，全部都缝在或者挂在他的外套上。

他的肩膀上扛着一根很长的竹竿，上面有奇怪的标志。他用这根竹竿挑着笼子和夹板。它们是用来收集人们的梦的，有时他也拿它们当笛子吹。

图 3–7

直到现在人们一直都相信造梦人是独自干活的，没有帮手。但其实不是这样，鸽子塔利一直和他一起，除非被承包给其他的理事会委员去做一些特别的项目。他教会塔利所有造梦人的技能，并把自己的战利品给了它。

造梦人的记忆和他的白色面包一样长。他必须把白色面包吃进肚子里才能不被它绊倒。他曾经用一把剑来切食物并用来防身，但是现在他能用意念控制一切。

图 3–8

REC
TROL

几个世纪以来，鸽子一直住在鸽笼里，现在它们也还住在里面。人们认为这样是为了方便捕鸽子，或者是方便用鸽子们的粪便给附近的葡萄园施肥。鸽子还给大信仰学院传递消息，在这座学院有自己的办公室，造梦人就是这座学院的校长。不出去旅行的时候，他就和那只叫作塔利的有用的小妖精——一起住在这里。

这座学院为所有的故事中的人带去好运，有时候也会给出现在故事中的现实中的人一些好运气。

塔利在鸽笼里有一个小房间，里面有一张用来睡觉的小床，一个收纳盒以及一张用来记录和做报告的桌子。它的房间有两个门，一个门通往厨房，信仰果汁以及其他的一些药水就是在这里被造出来的；另一个门通往图书馆以及会议室。如果造梦人需要休息的话，就会在那里弄个床铺睡觉。房间内的一个小窗户通往外面更广阔的天地。

图 3-9

《百科全书：从来没有过的事》

麦可·佩奇、罗伯特·英潘

这一本书能够使你的想象力多维度展开，并且它告诉了你，自从黎明开始，每个人就已经在想象的森林中遨游了。

麦可·佩奇和我花了两年左右的时间创造出了造梦人，并且在随后的文中以及插图中留下了很多造梦人的身影、地点、物种以及物件，或者简单地说，就是“从未出现过的东西”。

宇宙

描述了世界的神秘创造者以及那些影响我们思想和活动的人，包括十二星座以及强大的宙斯。

地面和地下

描述住在我们家中、地下、森林、山中以及野外的那些神奇和神秘的物种，包括半人马、森林之神、矮人，等等。

仙境

一个通往许多传说、神话、神奇之地的旅行纪录片。他们中有海下的亚特兰蒂斯、所罗门的矿、卡米罗特，还有小人国的宫殿。

魔法，科学和发明

弗兰克斯坦、飞行毯、哲基尔的药水、面具和月亮射击等许多奇怪的东西，甚至是其他物种和怪物。

水，天空和空气

阿尔戈、沼泽怪兽、龙、狮身鹰首兽、白鲸、美人鱼、五彩巨蟒等都住在这无边无际的空气和水域当中。

晚上

许多可怕的物种在晚上出现。报丧女妖、吸血鬼、女巫、鬼和僵尸。

图 3-10 ▶

《消失的大西洋帝国》

传说当天神把宇宙划分开的时候，海神波塞冬给自己建造了一个美丽的家园，还造了大西洋的中心城市。这座城市是水和土地的同心圆，很快它成了受人欢迎的文化和科学中心，前来拜访的人络绎不绝。就连哲学家柏拉图都写了许多与它有关的东西。但是，当大西洋的人们开始不遵守波塞冬制订的法律时，这座城市就在海洋中永久地消失了。我画的这幅地图并不是它真实的样子而是一个人在寻找这片神奇土地的时候可能想要找到的东西。

许多人问我是如何画出这些深海地形细节的。我经常说自己在做一件几乎不可能的事，查看了大西洋爱尔兰西部的潮汐图后，我演算出了 1983 年最低的潮汐发生在 2 月 30 号中午。我借了渔民的高筒靴，踏进大西洋的泥沼，之后画出了这幅画。尽管有一些人不相信我，我在这幅画下面签了名，并且日期写的是 1996 年，因为那一天潮汐确实很低！

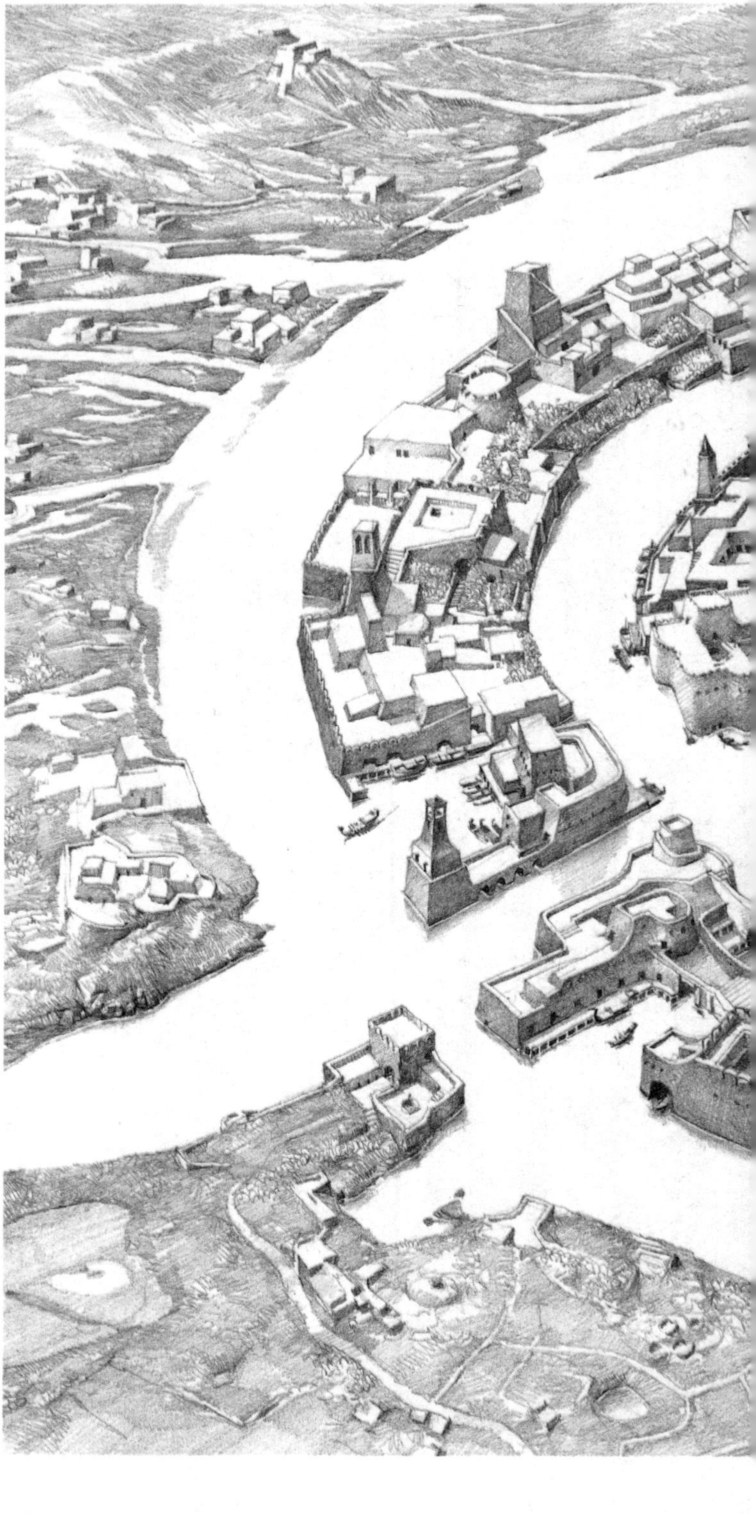

图 3–11

图 3-12

《澳大利亚的第一个梦幻时光》

很久以前，澳大利亚被所有至今还住在那里的人、植物和动物们的祖先所占领。在他们统治这片土地的漫长时间里，这些祖先把所有的一切创造成了它们今天的样子。

创造中，五彩巨蟒游过澳大利亚的时候，挖出了河床和分叉的河流。第一批人类在这片土地上的不同部位被创造出来。在一个地方，一个老妇人神奇地长了出来，和她一起的还有两个女孩和一个男孩。另一个地方，布尼耶用黏土捏出了第一个人……土著居民看到他们的国家就能想到他们身处梦幻时光的祖先。

4. 探寻仙境：
自然之旅

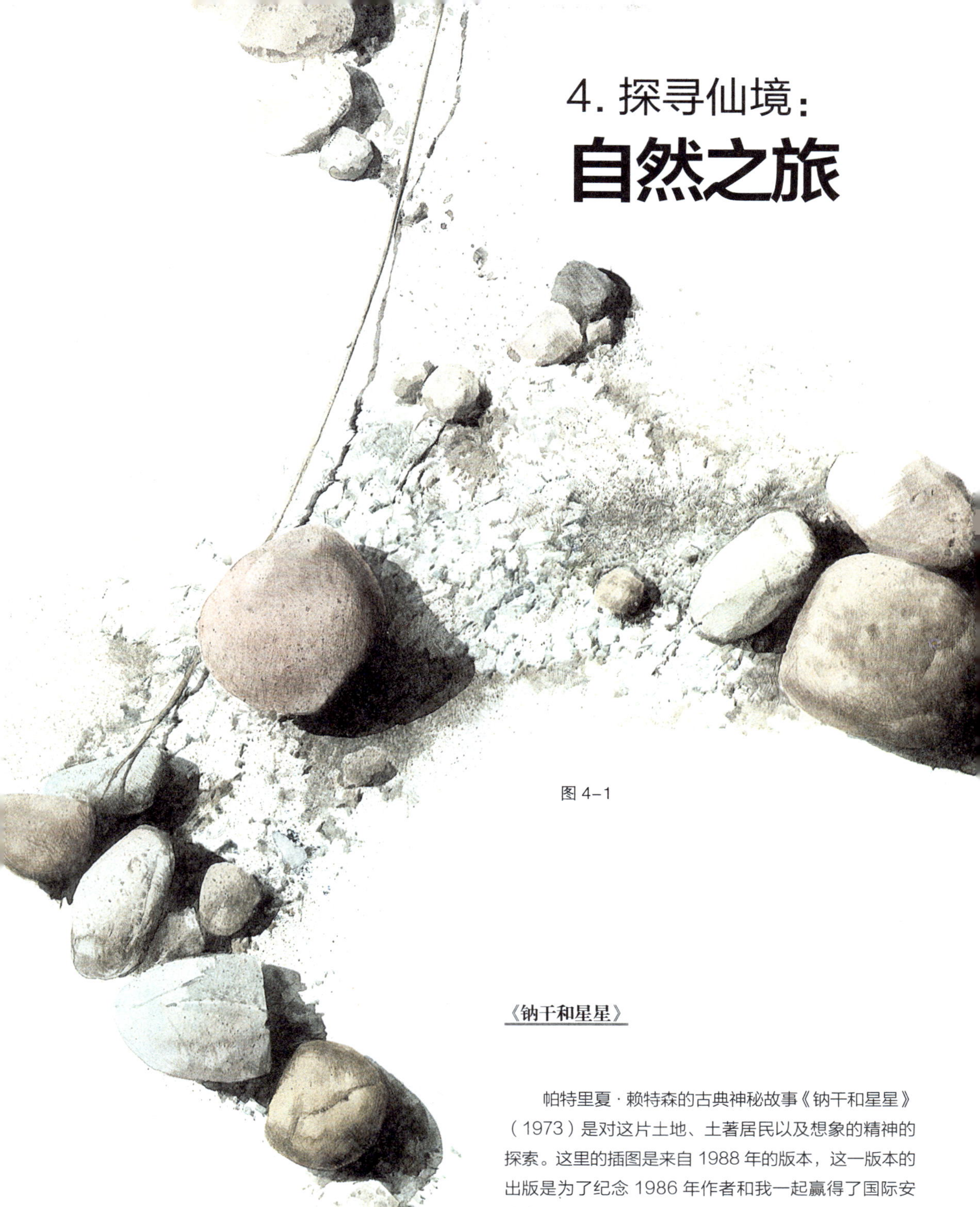

图 4-1

《钠干和星星》

帕特里夏·赖特森的古典神秘故事《钠干和星星》（1973）是对这片土地、土著居民以及想象的精神的探索。这里的插图是来自 1988 年的版本，这一版本的出版是为了纪念 1986 年作者和我一起赢得了国际安徒生奖，到目前为止，这是澳大利亚人第一次获得这个奖项。

《有生之年：在开始与结束之间》

布莱恩·梅洛尼、罗伯特·英潘

图 4-2

这本短小但是耐人寻味的书于 1983 年出版，书面是一个鸟巢的图画，里面有两个鸡蛋，上面写着：有生命的东西都会有开始和结束。在这中间的过程，就叫作活着。

上图是蝴蝶的残体，这证明了下面的一段话：

“有时候活着的东西会生病，会受伤。当然大多数情况下他们是变得越来越好的，但是确实有些时候他们会受伤严重甚至死去，因为他们撑不下去了。这可能会发生在他们小的时候，老了的时候，或者中间的任何时候。”

《守护》

罗伯特·英潘、玛格丽特·邓克尔

图 4–3

《守护》本来是在 1987 年作为《有生之年》的姐妹册出版的。我配上了玛格丽特 · 邓克尔的一段话，她对于保护这件事情以及该如何向孩子传达上和我有相似的观点。

《独鸟》的插图中的文字是：

“守护是我们照看我们世界的方式，就像照看我们的家一样。用我们的智力和常识去使它保持安全，使它舒适且美丽，去修复一切损伤和失落，把它一直延续到未来。”

《西雅图宣言》

书名:《伟人系列》
出版时间: 2000年
插画作者: 罗伯特·英潘

图 4-4

美国印第安部落的领导者在 1854 年进行的首次演讲
西雅图宣言的一部分是这样的:

"熊，秃鹫，它们都是我们的朋友，
满是石头的山峰，草地，小马，人类，
都属于我们的家。
现在白人已经来了。
我们的道路和你们的不一样。
当所有的水牛被屠杀，
我们不明白生活成了什么。
灌木丛在哪里? 消失了。
老鹰在哪里？消失了。
如果一个人不能听到夜晚的池塘边
灌木丛的哭喊以及争吵，
那么在这里住着还有什么意义? "

《世界边缘》

有好几次，在我的工作生活中，我被拉到海边——这是一个处于高潮汐和低潮汐之间的“世界边缘”——沿着沙滩和石堆，学习或者寻宝。

19 世纪 50 年代中期，作为墨尔本皇家艺术学校的学员，我学习了版画设计。在靠近安格尔希的大洋路沿海我完成了很多绘画，后来挑了一些制成了一套叫作《海螺之舞》的手绘，这六幅画都作为限量版出售。

1980

《珊瑚礁》（图 4–5、图 4–6）

大约 1980 年的时候，我担任了大堡礁海洋公园管理局的顾问，当时正在准备为大堡礁申请世界遗产的提案。我从上方和下方给一块活的珊瑚岩画了水彩画，后来这两幅画作为文件的一部分递交给了联合国教科文组织。

2012

向说书人致敬（图 4–7）

我最近在昆士兰米申海滩岸边找到了很多“宝贝”，然后用蛋彩画描绘出它们的样子，对面的就是其中一幅。这幅画挂在我在巴望河家里的客厅里，献给我的英雄罗伯特 · 路易斯 · 史蒂文森。他是太平洋岛民家喻户晓的说书人，被葬在西萨摩亚的山顶。他的墓志铭是这样的：

“对航海家来说，海洋就是家，
而对说书人来说，大山才是家。”

图 4–5

图 4–6

ME IS THE SAILOR, HOME FROM THE SE
ND THE HVNTER HOME FROM THE HIL

图 4-7

《游手好闲的熊》

1986年，我们的第一个孙子出生了，仅以此书纪念。

图 4–8

这本书出版后被翻译成了很多种语言在其他国家发行，很多年以后，在儿童文学领域知名的权威人士萨克斯比博士在一则评论中这样说：

“1988 年 4 月 2 日，为了庆祝国际童书节，罗伯特 · 英潘的那张颠倒的泰迪熊海报在慕尼黑展览会和博洛尼亚年度儿童图书博览会上一出现，便成了来自世界各地的人们的热议话题。他们中大多数人当即就认出那是一只熊。熊在 1986 年出版的《游手好闲的熊》一书中第一次被提名为务实的特德，他‘竭尽全力倒立’以此证明玩伴泰迪的短暂存在。他咆哮着，也还有用——尽管是有些时候。

“罗伯特 · 英潘的第一个孙子萨拉 · 露易丝出生时，特德和泰迪被人从盒子里拿出来放在了椅子上，争取获得小家伙的喜爱。‘这两只熊有思想吗？’‘他们会说些什么呢？’因此，《游手好闲的熊》就这么诞生了：文字、独特的铅笔和粉笔插画完美地捕捉到了童年轻快、脆弱但又坚韧的特点。这并不感伤，相反当孩子最自由最无拘无束的时候，想象力是最丰富的。每个婴儿都有成为哲学家的潜质，因为我们都不得不通过‘我从哪里来’、‘我是谁’、‘什么是真相’这样棘手的问题去感受这个世界。持怀疑态度的人认为这是一本成年人才能看懂的绘本，声称小孩子无法回答文中提到的问题——‘什么是游手好闲的熊？’实践表明，不同年龄阶段的孩子们都喜欢听这个故事。学龄前儿童能够发现两只熊戏谑交谈中那些不合逻辑的推论和双关语，尽管他们并不能完全明白其中的意思。年龄大一点的孩子能够感受到特德和泰迪之间不同的性格：一个头脑灵活，一个话不多，因此，也就知道了它们名字的由来。也许绘本中两只熊被放进盒子里收好，从盒子里拿出来，嘶哑的咆哮声和缠满绷带的爪子的故事可能无关紧要，也可能会对孩子产生心理影响，但这又有什么关系呢？孩子们能够对此做出反应，并用自己的想象力和思想去完成自己的理解。这正是教育家倡议的孩子在每次阅读时应该做的事情。问题是，现在大多数的儿童文学都浮于表面，将意思表达得太过于清楚，留给孩子们的想象空间就变得很小了。”

图 4-9

图 4-10

图 4-11

图 4-12

无论是画素描，水彩还是胶画，我都习惯在着手前用铅笔在速写本上仔细地记录下自己的想法。当我一切准备就绪，或者我的构思得到了出版商的赞同，我才开始画定稿。当然，这次还是会用上的我的 HB 铅笔和那本“神秘的”本子。这个本子我用了将近四十年了，纸张表面很硬，很光滑，可是很贵。二十页一扎，当时从德国买了很多捆，名字叫舍勒酰，是一种专业的四号绘喷纸（白色化合浆混合布条制成，手感平滑，无酸，面积 35cm x 50cm）。

画水彩我用的是温莎和牛顿两家企业生产的最好的黑貂毫笔，7 系列的 2 号笔到 5 号笔。我还有一只用了好久的黑貂毫笔，手柄那儿的商标早就磨损得不见踪影了。真希望它能用到我不在的那一天。有时候为了特殊的效果，我会借助海绵或者是化妆棉，用得很破烂的猪鬃刷子，甚至有时候会用牙刷来制造大雪纷飞飘零的效果。绘画的油漆管用的也是温莎和牛顿两家企业生产的，小朋友一直在问我最喜欢的颜色是什么，在这里就揭秘啦——喹吖啶酮金。

罗伯特·英潘简介

罗伯特 · 英潘于 1936 年出生于澳大利亚吉隆，后来就读于吉隆大学。1955 年，罗伯特去了墨尔本皇家理工大学专科学院学习艺术和设计。1958 年，从美术学院毕业后，他进入了澳大利亚联邦科学与工业研究组织，从事平面设计和插画的工作。1968 年，罗伯特开始了以作者和插画师身份自居的漫长职业生涯。迄今为止，已出版超过 100 本书。

他是第一个获得汉斯 · 克里斯蒂安 · 安徒生奖（插图）的澳大利亚人，获得了坎培门高等技术学院艺术的荣誉博士称号，并被授予澳大利亚勋章。

1959 年，罗伯特与安吉拉结婚，历经辗转，终于距吉隆不远的巴旺河安了家。他们一共有四个孩子：卡特莉娜，苏珊，苏菲和汤姆，还有六个孙子和三个曾孙。

上图是《小飞侠彼得·潘》的一部分，罗伯特·英潘七岁时所画。